위작
偽作

僞作

표윤명 소설

위작

새문사

차례 ●

진위眞僞 • 7

보화회保畵會 • 51

해동화사海東畵史 • 103

추재와 벗 • 167

드러나는 음모 • 201

1

진위 眞僞

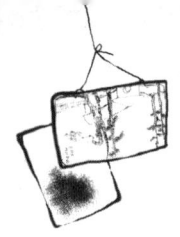

 문득 외로움이 밀려들었다. 지난날 대정에 ¹위리안치 되어 있던 시절이 떠올랐다. 몸은 자유롭되 마음은 여전히 그 시절이나 다름없었다.
 '이 지독한 외로움의 근원은 무엇이란 말인가?'
 추사는 ²청관산옥의 사립을 들어서며 외로움의 근원을 찾아 고뇌했다. 북청까지 다녀오고 이제 달관의 경지에 이르렀을 만도한데 추사는 여전히 외로운 한 인간이었던 것이다.
 아내가 살아있었을 때는 그래도 이런 외로움은 덜했었다. 철따라 옷가지를 보내주고 음식을 마련해 보내주는가 하면 다정하게 안부도 묻곤 했었기 때문이다. 이제 그럴 아내도 없었기에 추사는 혼자서 모든 것을 감내해야 했다. 그런 것이 추사를 더욱 더 외롭고 쓸쓸하게 했다. 하얀 아내의 얼굴이 촉촉이 젖어

---

1 위리안치: 유배형의 하나로 거처에 가시 울타리를 치고 그 안에 머무는 형벌.
2 청관산옥: 추사가 말년에 거처하던 곳으로 청계산과 관악산 사이에 있던 모옥.

들었다.

천천히 먹물이 풀리고 먹빛이 짙어졌다. 찐득찐득할 만큼 짙어진 먹을 두고 추사는 붓을 들었다.

"동파거사께서는 술에 취했을 때 비로소 가슴속의 묵墨을 토해냈다고 하셨다. 이 추사는 술에 취했을 때 못다 한 사랑을 토해내리라."

술기운은 거침없이 붓을 휘두르게 했다. 막힘없이 글씨가 술술 풀려났다. 디딘 무릎이나 든 팔이나 그가 아니었다. 흰 종이를 위한, 검은 먹을 위한, 아내를 위한 것이었다.

酒不能療藥不治(주불능료약불치)
술로도 어찌지 못하고 약으로도 고치지 못하니

日夜長流人不知(일야장류인부지)
밤낮으로 흐느껴 울어도 이런 나를 알지 못하겠노라.

붓을 들자 갑자기 눈앞이 흐릿해졌다. 흐린 비 때문만은 아니었다. 누가 볼까 두려웠다. 얼른 눈가를 훔쳤다. 늙은 몸이 주책이려니 생각하자 더욱 서럽기만 했다.

서러운 마음은 아내에 대한 그리움을 다시 피어오르게 했다.

'편안하신지요? 이렇게 묻는 것이 어리석은 일이라 생각되나 그래도 형식은 갖추어야겠기에 묻습니다. 눈물이니 고됨이니 모두 제게 있어서는 사치라는 것을 잘 압니다. 그래도 어쩌겠습니까? 사람의 마음이라는 것이, 여인의 마음이라는 것이 죄다 하늘이 내린 것인걸요. 지아비를 멀리 떠나보내고도 편히 자리를 보전하는 것이 죄라면 죄일 것이나 마음을 혼란케 해 드리지 않기 위해서 좋은 일만 전해 올릴까 합니다. 우아도 편하고 저도 편하답니다. 그러니 집 걱정은 하지 마십시오.

입맛에 맞을지 모르겠으나 평소 좋아하시던 찬을 마련해 보내드립니다. 약제는 좋은 것으로만 골라서 보낸 것이며 책은 말씀하신 것들을 우아가 잘 갈무리했습니다.

먼 길에 상하지 않을까 매우 염려스럽습니다. 이제 여름으로 치달을 것이니 어렵게 구한 모시로 여름옷을 지어 보내드립니다. 남쪽은 더 무덥다하니 몹시 걱정이 됩니다. 특히나 더위에 약하신 분이시니 어찌 그렇지 않겠습니까? 아무튼 잘 드시고 편안한 마음으로 이겨내십시오. 길게 쓰지 못하는 마음을 헤아려 주십시오. 예산에서 드립니다.'

서찰을 받고 흐르는 눈물을 어쩌지 못했다. 정성이 가득 담긴 서찰과 물건들을 보니 더욱 더 아내의 얼굴이 눈앞에서 어른거려댔다. ³소치가 없기에 다행이었다. 눈물 많은 주책을 어

---

3   소치 허유: 추사의 제자. 남종문인화를 완성한 조선후기의 화가로 추사가 제주에 유배되어 있을 때 세 번씩이나 찾아가 모시며 사사받았음.

이하랴.

 정성스럽게 싼 보따리에는 여름옷이 제일 위에 놓여 있었다. 희다 못해 푸른 옥빛이 도는 모시옷이 기분 좋게 깔끄러웠다. 무더운 여름에 제격일 옷이다. 아내의 꼼꼼한 바느질이 눈에 익었다. 그저 반갑기만 했다. 하지만 입지 못할 것이다. 이미 계절이 겨울로 달려가고 있었기 때문이다. 그렇다고 그냥 모셔두기에는 아내의 정성이 너무 미안했다. 싸늘한 늦가을에 얇은 모시 적삼을 걸쳐보았다. 누가 보면 미쳤다고 손가락질할지도 모른다. 하지만 추사는 개의치 않았다. 내년 여름이 절로 기다려졌다.

 이어 아내의 정성이 가득 담긴 찬을 꺼냈다. 하지만 먼 길을 염려한 아내의 예견이 딱 들어맞았다. 상하고 변해 못 먹게 된 것이 반을 넘었던 것이다. 버릴 것과 먹을 것을 구별하고 나서 그제야 반가운 책을 챙겼다. 다행히도 부탁했던 책과 그림은 별 탈이 없었다. 그것만으로도 다행이라 여겼다. 천리 먼 길과 백리 바닷길을 건너면서 이렇게 무사히 손에 넣을 수 있었다는 것만으로도 다행 중 다행이라 여겼던 것이다.

 상한 음식들을 버릴까 생각했다. 그러나 차마 그러지 못했다. 아내의 정성이 손을 잡았기 때문이다. 생각 끝에 앞마당 동백나무 아래에 고이 묻었다.

 물건을 정리하고 나서 서찰을 썼다.

'안 사람에게.

오늘 당신이 보낸 서찰과 물건들을 받아보았소. 정갈한 당신의 필체를 대하자 마치 당신을 눈앞에 대하는 듯 그저 반갑기만 했다오. 한 자라도 놓칠까 꼼꼼히 읽어보고는 별일 없다는 말에 더욱 반가웠소. 마음이 놓이오.

나야 늘 외로움과 적막함을 벗 삼아 지내는 형편이니 별다른 소식이야 있겠소. 다만 소치가 종종 다녀가고 초의를 비롯한 벗들과 제자들이 서찰을 보내 위로하니 그 낙으로 세월을 보내고 있다오. 내 걱정은 마오. 다만 당신의 건강이 심히 염려되오. 몸 보전이나 잘 하고 있으오.

당신이 정성껏 마련해 보내 준 물건들도 잘 받았다오. 잠도 자지 않고 꽃 핀 창가에서 바느질로 좋은 봄날을 다 보냈을 여름옷은 그만 시절이 늦고 말았다오. 붉은 단풍도 저버린 초겨울에야 도착을 했으니 내년 여름이나 기약을 해야 할 것 같소. 그러나 당신의 그 아름다운 정성에 나는 사람들의 눈치도 보지 않고 늦가을에 구멍이 숭숭 뚫린 모시옷을 입고 즐거워했다오. 다행히 보는 사람이 없어 체면은 살렸다오. 만약 누가 보았더라면 저 사람이 오랜 유배생활로 인하여 정신이 혼미해지지 않았나 하며 혀를 찼을 것이오. 잠시 웃어보오. 당신이 정성으로 지은 모시옷은 머리맡에 고이 간직해 두었다오. 어린아이같이 빨리 내년 여름이 기다려지는 것은 무엇 때문일까요?

여름옷도 그러한데 어렵게 구했을 귀한 찬들이야 말해 무엇

하겠소. 곰팡이가 슬어 냄새가 진동하는데 문득 당신의 고운 이마가 떠올랐다오. 정성 때문이겠지요. 그래도 마른 반찬 몇 가지는 겨우 먹을 수 있기에 부엌에 두었고 나머지는 버릴까 생각하다 당신의 성성을 그리 할 수 없어 마당 앞 동백나무 아래에 고이 묻어두었다오. 당신의 썩지 않을 정성을 기리 두고 감상하기 위해서라오. 그래서인지 이른 동백이 붉게 몽우리를 맺더니 불처럼 타오르고 있다오. 동백이 이리도 붉게 타오르는 이유는 당신의 눈자위처럼 너무 많이 울어서일 것이오. 찬바람이 불기 시작하니 건강 조심하오. 문을 열고 어둠 속을 바라보면 마치 검은 바다가 마당으로 몰려들어 나를 위로하는 듯하오. 내일은 잘 휘어진 노송 한 그루 만나러 가난한 산책을 오래도록 즐기려 하오. 늘 건강하오.

먼 바닷가 대정에서 그리움으로 잠 못 이루고 있을 아내를 위해 추사가 씀.'

아내에 대한 절절한 그리움은 눈물로 이어졌다. 다행히도 탱자나무 울타리 너머로 오가는 사람은 없었고 소치도 바다 건너 초의를 만나러 가 있지 않았다. 추사는 누가 볼세라 얼른 눈가를 훔치고는 또 다시 종이를 펼쳤다. 무엇을 쓸까 고민 고민하다가는 아내를 위한 글귀를 떠올렸다. 아내에 대한 영원한 마음을 남겨 두고자 한 것이다.

아내에 대한 정성은 곧 글에 대한 정성으로 이어졌다. 온 힘을 다해 붓을 들었다. 묵여석금墨如惜金이라 했다. 먹을 쓰기를 금과 같이 하라는 뜻이다.

천년일애千年一愛
천년에 한 번뿐인 사랑

 예서에 해서를 가미해 썼다. 사대부가 쓰기에는 부끄러운 글귀다. 하지만 아내를 위한 마음에 추사는 조금도 부끄럽지 않았다. 오히려 마음이 가볍고 흐뭇하기까지 했다.
 천년에 한 번뿐인 사랑을 지그시 내려다보았다. 그러자 아내에 대한 미안함이 또 다시 떠올랐다. 아내의 마지막을 지켜보지 못한 죄스러움이 고개를 들지 못하게 했던 것이다.

 서찰을 받아 들고 죽은 듯이 서있었다. 눈물도 나오지 않았다. 몸도 떨리지 않았다. 너무도 큰 충격은 사람으로 하여금 아무것도 느끼지 못하게 하는 모양이다. 시간이 얼마 지나서야 눈물이 나고 몸이 떨렸다. 걷잡을 수 없이 떨리는 손으로 서찰을 흔들어댔다. 마치 아내의 몸을 잡고 있는 것처럼 그렇게 흔들렸다.
 엊그제 보낸 서찰은 아내의 무덤 앞에서나 읽힐 것이다. 생각하니 더욱 더 애통하기만 했다. 대정이 떠나갈듯 소리쳐 울었지만 추사의 애통한 마음은 가시지를 않았다. 며칠을 그렇게 울었는지 모른다. 아내의 마지막을 지키지 못한 애석한 마음이 더욱 더 아프기만 했던 것이다.

소치의 위로에 정신을 차리고 아내에게 마지막 작별을 고하기로 했다. 아내를 위한 글을 짓기로 한 것이다.

'부인 [4]예안이씨 애서문

임인년 11월, 아내가 예산에서 일생을 마쳤다. 그런데 다음해가 되어서야 비로소 소식이 전해져 왔다. 통탄할 일이다. 아내가 세상을 떠난 줄도 모르고 마음 편히 잠을 자고 밥을 먹었다. 어찌 미안하고 죄스러운 일이라 하지 않을 수 있겠는가? 서찰을 받은 뒤에야 비로소 통곡하며 몸부림을 쳤지만 이 무슨 소용이 있단 말인가? 그저 애통하고 또 애통할 따름이다. 늦게나마 두어 줄의 글을 엮어 보내니 이 글이 당도하거든 아내의 영전에 바치어 고하게 할지어다.

이제야 눈앞이 깜깜하고 가슴이 미어터지는 고통을 글로써나마 드러내니 당신은 부디 나의 심정을 헤아려 주기 바라오. 이제 죽음으로써 영영 보지 못할 이별이 되고 말았으니 참으로 애통하고 또 애통할 따름이오. 곁에서 지키지 못한 이 죄를 너그러이 용서해 주기 바라오.

어허! 어허! 나는 일찍이 큰 죄를 짓고 칼을 찼을 때에도 두렵

---

[4] 예안이씨: 추사의 두 번째 부인. 아산 외암리가 고향으로, 외암 이간의 현손녀(손자의 손녀).

지 않았고 거친 바다를 건널 때에도 조금도 마음이 흔들리지 않았는데 지금 당신의 죽음을 앞에 두고는 놀라고 얼이 빠져 혼이 나가 어찌 할 수가 없다오. 아무리 마음을 진정시키고 달래려고 해도 길이 없으니 이는 어인 까닭인지요?

어허! 어허! 무릇 사람이란 세월이 가면 다 죽게 마련이지만 그래도 당신만은 그래서는 안 될 사람이었소. 삼십년 동안 그 지극한 효와 덕은 만인의 귀감이 되었으며 칭송하지 않는 사람이 없었으나 당신은 그마저도 당연한 일이라며 즐겨 받지 않았소. 그러니 어찌 그렇다 하지 않을 수 있겠소. 예전에 나는 희롱조로 말하기를 "당신이 만약 죽는다면 내가 먼저 죽는 것이 도리어 낫지 않겠소." 했더니 당신은 이 말이 내 입에서 나오기 무섭게 크게 놀라 곧장 귀를 가리고는 멀리 달아나서 들으려고도 하지 않았소. 이는 진실로 세속의 아녀자들이 크게 꺼리는 일이기는 하지만 그 실상을 따지고 보면 그저 희롱조로만 그리했던 것도 아니라오. 이제 당신이 먼저 세상을 떠나고 말았으니 먼저 떠난다는 것이 무엇이 그리 유쾌하고 즐거워 나로 하여금 두 눈을 빤히 뜨고 홀로 살아가게 한단 말이오. 푸른 바다와 같이, 끝없는 하늘과 같이 나의 한은 다함이 없을 따름이외다.

[5]월하노인께 호소하니
당신과 내가 다음 세상에 태어나

---

5 월하노인: 달에 산다는 신선. 인간의 사랑을 관장하며 중매쟁이 역할을 한다 함.

당신은 내가 되고 나는 당신이 되어
천리 밖에서 내가 죽고 그대는 살아
이 마음, 이 아픔을 그대에게 알게 한다면
당신을 향한 나의 마음을 알 수 있으리오.
이 아픈 마음을 알 수 있으리오.

아! 어찌 더 이상 검은 먹으로 이 아픈 마음을 드러낼 수 있으리오. 붉게 타오르고 누렇게 뜬 이 마음을 어찌 검은 먹으로만 나타낼 수 있단 말이오. 가슴이 무너지고 혼백이 달아나니 더 이상 붓을 들기도 힘에 겹구려. 부디 편안하시길. 세상에서 못다 한 정을 함께 나누도록 합시다.
슬픔으로 눈물이 마른 추사가 아내를 위하여 씀.'

"이거는 가짜가 많다는 얘기가 나돌던데."
김사장은 의심이 가득한 눈초리로 탐매의 말을 떠보았다.
"가짜라니요? 이거는 추사께서 [6]삼호三湖에서 쓰신 글씨가 맞습니다. 제가 보증합니다. 아무렴 이 탐묵서림探墨書林에 가짜를 들여놓겠습니까? 제 이름도 있고 한데."
"아니, 그런 게 아니라 떠도는 말이 그렇다는 겁니다. 이게 그렇다는 게 아니라."
김사장은 말투에서 곧바로 의심을 거둬들였다. 탐매의 언성

---

[6] 삼호(三湖): 추사가 제주 유배에서 풀려 난 후 머물렀던 곳. 서울 용산의 한강변.

이 워낙 항의성 짙었기 때문이다.

"김사장님도 참. 이 획을 한 번 좀 보십시오. 힘차게 뻗어 내리다 [7]비백飛白을 살짝 머금고 들어 올린 것이 추사秋史의 필획이 맞지 않습니까? 또 필법이 있는 듯 없는 듯 자연스레 운필했으니 이는 추사만이 가능한 일입니다. 다른 사람이라면 이런 말씀을 드리지도 않습니다. 글씨를 잘 아시는 사장님이니까 드리는 겁니다."

탐매의 말에 김사장은 갈등의 빛을 보였다. 연신 입맛을 다셔대며 고개까지 갸웃갸웃해댔다.

"좋은 글씨이기는 하지만 가격이 너무 지나치지 않나 싶어?"

김사장은 이제 좋은 글씨라며 탐매의 말에 동조까지 해댔다. 자신의 무지를 만회하기 위한 포석이자 가격을 낮춰보기 위한 작전이었다.

"추사 글씨 한 점에 한 장은 그리 비싼 게 아닙니다. 싼 거죠, 다른 거에 비하면. 그나마 작품이 그런 대로 남아있기에 그런 겁니다. [8]원교圓嶠의 만면춘풍滿面春風 한 점도 일억 이천에 팔린 것 잘 아시잖습니까? 원교의 글씨가 그 정도인데."

탐매의 말에 김사장은 고개를 끄덕이며 중얼거렸다.

"하긴 그런 것 생각하면."

---

[7] 비백(飛白): 붓을 빠르게 움직여 먹이 묻지 않게 하는 서예 기법 중의 하나. 필획이 힘차게 보임.

[8] 원교 이광사: 조선의 글씨인 동국진체를 완성한 조선후기 서예가.

김사장의 호응에 탐매는 입술에 침까지 발라가며 다시 나섰다.

"손바닥만한 [9]고람古藍의 그림 한 점도 오천을 호가합니다. 그래도 없어서 못 팔아요. 이런 글씨는 먼저 보신 분이 임잡니다. 머뭇거리다가 그냥 가시면 반드시 후회하지요. 그 사이 다른 임자가 나타나거든요. 그땐 사려고 해도 살 수가 없어요. 맘에 들어 가져간 사람이 다시 되팔겠습니까? 잘 아시잖습니까?"

탐매는 이제 아예 대놓고 으름장까지 놓았다. 김사장의 얼굴이 갈등으로 더욱 일그러졌다. 손까지 흔들어대며 고민에 고민을 거듭했다.

"[10]예서隸書에 [11]전서篆書를 가미한 이런 글씨는 추사 글씨 중에서도 최고로 칩니다. 어디 이런 글씨를 아무데서나 볼 수 있겠습니까? 게다가 삼호에서 머무시며 벗인 [12]이재彝齋 권돈인權敦仁 대감을 위해 쓴 글씨니 더 무엇을 바라겠습니까? 시기로는 추사체를 완성한 유배 후의 글씨요, 벗을 위한 마음까지 담았으니 최고 중의 최고라 할 수 있지요."

김사장은 흔들어대던 손끝에 힘을 주었다. 그의 입가로 자신도 모르게 힘이 들어가고 있었다. 그런 김사장의 몸짓에서 마음이 기울었음을 안 탐매는 더욱 너스레를 떨어댔다.

---

9   고람 전기: 추사의 제자로 남종화에 뛰어났음. 매화서옥도, 계산포무도 등.
10   예서: 서예 5체 중의 하나. 전서의 획을 간단히 하여 만든 서체.
11   전서: 서예 5체 중의 하나. 갑골문 금석문 등 고체를 정비하여 만든 서체.
12   이재 권돈인: 추사의 친구. 추사의 세한도를 보고 자신만의 세한도를 그림.

"사장님 거실에 이 정도는 걸려있어야 어울리지 않겠습니까? 문외한도 아니고 글씨에 그림 게다가 글까지 통달하신 보기 드문 예인藝人이신데 이 정도는 자리를 지켜주어야지요."

탐매의 추켜세움에 김사장은 결심한 듯 고개를 끄덕였다.

"그렇게 합시다. 한 장에 내가 가져가지요."

김사장의 말에 탐매는 웃음꽃을 활짝 피워 물었다.

"그러서야지요. 이제야 저도 마음이 좀 홀가분해집니다. 저도 이런 좋은 작품이 제대로 된 주인을 만나 갈 때 마음이 뿌듯해지고 보람을 느낀답니다. 돈도 돈이지만 예술품을 예술품으로 볼 줄 아는 사람들과 교류한다는 것이 얼마나 기쁘고 즐거운 일입니까?"

탐매의 말에 김사장도 환한 웃음을 지어보였다.

"탐매探梅의 그런 자세가 늘 믿음직해서 좋습니다. 다른 고서화점보다도 이 탐묵서림을 믿고 찾는 이유가 다 있는 겁니다."

말을 마친 김사장은 껄껄 웃음을 터뜨렸다. 그러자 탐매 송계하宋溪霞는 허리를 굽혀 다시 한 번 감사의 말 하는 것을 잊지 않았다.

"감사합니다. 부족한 저를 그토록 생각해 주시다니요."

"아닙니다. 사실 말이 나왔으니 말이지 이 바닥에서 작품을 볼 수 있는 안목으로나, 작품을 구할 수 있는 능력으로나 탐매를 따를 사람이 누가 있겠습니까? 지난 번 박의원이 가져간 [13]오

---

[13] 오원 장승업: 조선 후기 화가로 단원 김홍도, 혜원 신윤복과 함께 3원의 한사람임.

원吾園의 그림만 해도 그렇습니다. 그런 좋은 그림을 어떻게 찾아냈는지, 우리는 그런 그림이 있다는 것조차도 몰랐습니다."

김사장의 칭찬에 탐매 송계하는 얼굴 가득 미소를 머금은 채 다소곳이 서있었다.

"앉으시죠. 차 한 잔 드시면서 천천히 말씀 나누시죠."

"아닙니다. 차는 다음에 하기로 하고 약속이 있어서 오늘은 그만."

김사장은 손바닥까지 비벼대며 아쉬운 마음과 함께 미안함을 전하려 애썼다.

"이렇게 부랴부랴 달려온 것도 지난 번 오원의 그림처럼 또 뺏길까 염려해서입니다. 약속마저 미뤄놓고 달려왔지요."

말을 마친 김사장은 호쾌하게 웃었고 탐매도 따라 웃었다.

"역시 김사장님의 고서화에 대한 사랑은 알아주어야 합니다."

"고서화만이 아닙니다. 우리 문화재에 대한 관심과 애정이지요."

웃음을 거두고 김사장은 진지한 표정으로 말을 이었다. 이에 탐매도 맞받았다.

"예, 김사장님과 같은 분이 계시다는 것이 우리 고서화계의 복입니다."

탐매의 의미 있는 웃음에 김사장은 흡족해하며 탐묵서림을 나섰다. 탐매는 문 밖까지 쫓아 나가며 떠나는 김사장을 배웅했다.

"글씨는 댁으로 제가 직접 들고 가겠습니다."

"알았습니다. 다시 연락드리지요."

햇살 따가운 도로를 향해 차가 움직이자 탐매는 그제야 문을 닫고 돌아섰다.

"지환아! 저거 포장해 두어라. 배달해야 하니까."

"예, 선생님."

지환은 그제야 할 일이 생겼다는 듯 자리를 일어섰다. 그리고는 손을 바삐 움직이기 시작했다.

거무구안居無求安
삶에 있어 편안한 것만 찾지 말라

추사의 글씨가 지환을 내려다보고 있었다. 마른 획과 힘찬 필법, 수많은 글씨를 보아 왔지만 이처럼 힘찬 가운데 부드러운 기운을 머금고 있는 글씨는 보기 드문 것이었다. 지난 해 왕희지의 글씨를 본 적이 있었다. 서예협회에서 특별전시를 할 때였다. 모든 글씨의 근본이라 일컬어지는 [14]왕희지의 글씨도 이처럼 멋들어지지는 않았었다. [15]구양순도 [16]미불도 마찬가지였다.

언제 보아도 힘찬 필획과 웅혼한 기상이 멋들어졌다. 가볍지

---

[14] 왕희지: 남북조시대의 서예가로 해서·행서·초서를 완성해 서성(書聖)으로 불림.
[15] 구양순: 당나라 때 서예가. 구양순체를 완성함.
[16] 미불: 송나라 때 서화가. 미점준을 개발하기도 함.

않으나 무겁지 않고 화려하지 않으나 투박하지 않은 그런 글씨였다. 때로는 칼날과도 같이 날카로운가 하면 때로는 새털같이 부드럽기도 했다. 한겨울 북풍처럼 차가운가 하면 콩 볶는 삼복더위처럼 뜨겁기도 하고 불어오는 봄바람처럼 훈훈한가 하면 밀려드는 차가운 가을물과도 같은 그런 서늘한 기상을 품고 있었다.

"저게 원가가 얼마나 하겠니?"

뜬금없는 물음에 지환은 고개를 돌렸다.

"원가라니요?"

"종이 한 장에 먹물 한 모금. 여섯 자 아니니? 거무구안 네 자에 [17]관서 두 자. 그게 일억이다."

지환은 의아한 눈으로 탐매를 바라보았다.

"추사가 썼기에 일억이지. 내가 저것과 똑같이 썼다면 얼마나 할까? 종이 한 장 값에 먹물 값은 따질 수도 없으니 화선지 한 장 값, 넉넉잡고 백 원이면 족할 거다."

탐매의 말에 지환은 고개를 끄덕였다.

"백 원대 일억, 엄청난 차이지. 그런데 그 차이가 뭘까?"

탐매의 말에 지환도 고민하지 않을 수 없었다.

"만약에 말이다. 저게 가짜라면, 추사가 쓴 것이 아니라면 어떻게 될까?"

"가짜라니요?"

---

[17] 관서: 그림이나 글씨를 쓰고 이름, 호, 날짜 등을 기록하는 것.

지환은 놀란 눈으로 탐매를 바라보았다.

"만약이라고 했잖니. 저게 그렇다는 얘기는 아니고."

"글쎄요?"

"세상이 뒤집어지는 게지. 백 원도 안 되는 물건이 일억에 왔다갔다 하니."

말을 마치고는 탐매는 돌아섰다. 그리고는 호쾌하게 껄껄 웃었다. 지환은 의아했다. 탐매의 말이 무엇을 의미하는 것일까? 혹시 이 글씨가 가짜? 아니라도 무언가 흥미로운 이야기가 있을 것만 같았다. 의아함은 지환으로 하여금 일을 서두르게 했다.

조심스럽게 글씨를 내려서는 천을 두르고 끈으로 묶었다. 일억짜리 글씨다 보니 손이 다 떨렸다. 이런 작업을 했던 것이 한두 번도 아니건만 추사라는 무게가 지환으로 하여금 더욱 무겁고 조심스럽게 했다.

"이리 가져와."

탐매는 소파에 앉아 지환을 불렀다. 지환은 글씨를 가지고 탐매의 앞에 앉았다. 글씨를 건네받은 탐매는 허탈하다는 듯 액자를 들었다 놓았다.

"이게 일억이라니."

그리고는 금고를 열고 조심스럽게 넣었다.

"선생님, 아까 하신 그 말씀은?"

지환의 물음에 탐매는 빙그레 웃었다.

"그렇다는 얘기야. 시중에 떠도는 그림이나 글씨 중에 그런 것들이 많지. 특히 추사의 글씨나 오원의 그림을 비롯한 조선말기의 작품들 중에 말이야."

"그래요?"

지환은 놀랍다는 듯 눈까지 크게 떴다.

"뭘 그리 놀라고 그래? 당연한 거지. 햇수로야 일이백년밖에 안 됐다고 하지만 그 사이 얼마나 많은 험한 일들이 있었어. 일제강점 삼십 육년에 육이오, 다 빼앗기고 부서지고 했는데 온전히 남아 있는 게 얼마나 되겠어. 고스란히 남아 있다면 그게 오히려 신기한 일이지."

탐매의 말에 지환은 눈살을 찌푸렸다.

"생각해봐! 일제 강점기에 일본 놈들이 죄다 빼앗아가고, 먹고 살기도 바쁜데 글씨나 그림 도자기에 정신이 있었겠어? 배고픈 놈이 자식도 팔아먹는 판에 가보로 내려오는 건들 남아있을 수 있었겠냐고. 또 배부른 놈들은 그냥 배가 불렀겠어? 왜놈 눈치나 보며 줄 서던 놈들인데, 이놈들이 또 왜놈들 조선 글씨·그림 좋아하는 것은 알아가지고 알아서 다 갖다 바쳤어요. 그러니 조선 땅에 그런 글씨, 그림이 남아 있을 수 있었겠냐고. 그나마 남은 것은 6·25때 다 부서지고 깨졌지. 그런데도 전국의 박물관이다 미술관이다 그림 글씨가 가득해요."

지환은 탐매의 말을 듣고보니 그럴 듯했다.

"선생님, 그럼 글씨, 그림들 중에 가짜가 많다는 말씀이세요?"

"그렇다고 봐야지. 국립박물관은 물론 개인 박물관에 있는 그림, 글씨의 절반은 가짜라고 봐야 돼. 그러니 이런 출처도 불분명한 화랑에서 흘러나오는 것들이야 말 할 필요도 없지."

"그럼 이 거무구안도?"

지환은 다시 한 번 조심스레 거무구안을 들먹였다.

"아니. 그건 아니야. 진품이 확실해."

탐매는 딱 잘라 말했다. 자리를 고쳐 앉으며 자신의 물건에 대한 신뢰도를 높이고자 애쓰는 모습을 역력히 보이기까지 했다.

"자획字劃과 행획行劃이 모두 추사 글씨의 특징을 갖추고 있어. 관서款書도 확실하고. 내가 알기로 추사께서 유배에서 돌아와 삼호에서 머무실 때, 이재 권돈인 대감을 찾아갔고 거기서 써 주신 것으로 알고 있어. 그때 이것 말고도 설중란雪中蘭을 비롯해 몇 작품을 더 남기셨다고 해."

"예. 그럼 어떤 것이 진짜고 어떤 것이 가짠지 구분할 수 있는 방법이 있나요?"

지환의 물음이 채 끝나기도 전에 탐매가 먼저 손을 내저었다.

"물론 있지. 글씨를 잘 쓰는 사람은 대번에 알아볼 수가 있어. 운필運筆 한 획만 보고도 어떻게 썼는지, 진짠지 가짠지 알 수가 있다고 해. 우리같이 글씨를 잘 쓰지 못하는 사람도 많은 글씨를 보고 연구하면 어느 정도 가려낼 수는 있다고. 그걸 눈으로 붓을 놀린다고 하는데 그 정도 경지에 이르려면 뼈를 깎는 노력이 필요하지."

지환은 고개를 끄덕였다. 탐매의 말은 계속 이어졌다.

"글씨의 대가들은 한 번만 보고도 이것이 진짜다 가짜다 하는 것을 알 수가 있다고 해. 우리야 꼼꼼히 살펴보아야 하지만."

"그럼 정확한 감정을 하려면 무엇을 어떻게 살펴보아야 하는지요?"

"여러 가지 방법이 있지. 우선 종이나 안료를 살피고 작가의 관서나 도서 그리고 필획, 행획, 글씨 쓰는 습성, 뭐 그런 것들이지."

탐매의 말에 지환은 더욱 호기심이 일었다.

"그런 공부도 재미있어. 나 같은 경우는 그림 장사를 하다 보니 자연히 터득하게 되었지. 어려서부터 어깨너머로 배우고 익힌 것도 있고. 알고 나면 요지경 세상이야. 너도 세월이 지나면 자연히 알게 될 거다. 이 바닥에서 떠나지만 않는다면 말이야. 내가 이렇다 저렇다 얘기하면 너무 이른 이야기고."

"그런 것을 좀 더 깊이 배우고 싶습니다."

지환의 진지한 말에 탐매는 빙그레 웃음을 지어보였다.

"가르쳐서 되는 게 아니야. 스스로 터득하면서 배우는 거지. 내가 가르치지 않아도 자연히 알게 될 거다."

"하지만 배운다면 좀 더 빨리 터득할 수 있지 않을까요?"

"빨리 터득해서 무엇 하게?"

"잘못된 것이라면 바로잡아야죠."

지환의 말에 탐매가 정색을 하며 자리를 고쳐 앉았다. 그리고는 진지한 얼굴로 지환을 바라보았다.

"얘 좀 보게, 무엇을 바로잡아?"

"가짜가 판치는 세상이라면 그것을 밝혀 바로잡아야죠. 가짜 그림과 글씨가 국보나 보물로 지정되어 있을 것 아닙니까?"

"정의의 사도가 나셨군."

탐매는 비아냥 반, 우스갯소리 반으로 지환의 말을 허탈하게 받았다. 그리고는 허리를 한껏 젖혀서는 기지개를 켠 후 다시 말을 이었다.

"젊은 혈기에 그런 생각을 갖는 것도 당연하지. 나도 그때는 그랬으니까. 하지만 세상인심은 그게 아니다. 현실은 다른 데 있다고."

"다른 데 있다니요?"

"생각해봐라. 네가 정말 뛰어난 감식안을 갖고 있다고 치자. 그리고 네가 누구의 무슨 무슨 작품이 가짜다 이렇게 떠들고 다닌다면 어떻게 되겠니? 세상이 네 말을 그대로 믿어줄 것 같니? 또 그것이 사실이라 해도 대단한 일을 해냈다고 칭찬을 해줄 것 같니? 천만에, 그게 한두 푼짜리도 아니고, 가짜라면 아까 얘기했듯이 백 원짜리로 전락하고 마는 건데. 그야말로 천당에서 지옥의 나락으로 떨어져 내리고 마는 건데. 저들이 가만있겠냐고? 이미 저들은 그에 대한 대비책까지 두루 갖추어 놓고 있다고. 본인들은 묵묵부답으로 일관할 테고, 언론마저도 너를 파렴치한으로 몰아붙일 것이 뻔해. 그러면 너는 더욱 목이 터져라 떠들고 다니겠지. 반응도 없는 일에 혼자서 죽도록 떠들고 다니면 사람들도 모두 네 말보다는 저들의 침묵에 더 믿음을 갖게 되어 있어. 그러면 그때는 너는 서서히 미친놈이 되어가는 거야."

탐매는 찻잔을 들어 입술을 적시고는 다시 말을 이었다.

"세상을 상대로 외로운 싸움을 하는 정의의 사도가 하루아침에 권위를 얻고자 미친 파렴치한으로 몰리고 마는 거지. 그게 세상인심이다."

"선생님께서도 그런 생각을 하신 적이 있습니까?"

지환의 물음에 탐매는 다시 찻잔을 들었다. 그리고는 지긋이 찻잔 속의 연둣빛 찻물을 바라보았다.

"없다면 어떻게 네게 이런 말을 할 수 있겠나?"

탐매의 얼굴에 회한이 서렸다.

"내가 이 길로 들어선 지 꼭 십년 만이었지. 그때만 해도 이십대 후반이니 뭘 알았겠어. 우연히 그런 사실을 알고는 이건 아니다 싶어 사방으로 쏘다니며 동지를 구했지. 하지만 그런 일에 누가 함께 하겠어. 혼자서는 어림도 없는 일이고. 또 그때는 이런 일을 하는 사람이 손에 꼽을 정도였으니까. 결국 혼자 이리 뛰고 저리 뛰고 하다가는 제풀에 지쳐 그만두고 말았지. 그리고 다시 십년쯤 지나니까 그제야 눈에 보이더라고. 내가 미친 놈이었다는 게 말이야."

"무슨 말씀이신지?"

"그러니까 그때 나처럼 젊은 사람이 이 바닥에 있었던 경우는 드물었어. 그래 함께 할 사람이라고는 나이 지긋한 노련한 감식가들뿐이었는데 이들이 바로 그 위작의 중심에 서있었던 인물들이었단 말이야. 위작을 알면서도 감싸는가 하면 시치미 뚝 떼고 이리저리 소개해준 다음 구전을 챙기는 데만 정신이 없었지. 또 직접 거래를 하기도 하고. 그런데 그런 사람들에게 함께 그런 일을 하자고 했으니 그들이 날 어떻게 봤겠어."

탐매 송계하는 씁쓸한 웃음을 지어보였다.

"지금은 그때와 다르지 않습니까? 이 분야에 있는 사람들도 많고 또 그 중에 함께 할 사람들도 구할 수 있지 않을까요?"

"쉽지 않을 걸."

탐매는 여전히 부정적이었다.

"아무튼 그런 일이라면 한 번 도전해 볼만한 일인 것 같습니다. 또 이런 일에 몸담고 있으면서 위작에 대한 진실을 알고도 침묵을 지킨다는 것은 이 일에 대한 예의가 아니라고 생각합니다."

지환의 말에 탐매는 미소를 지으며 고개를 끄덕였다.

"예의라?"

"예, 예의가 아니지요."

"맞다. 네 말이 맞아. 하지만 그 예의를 지키기에는 너무나 버거운 현실이 네 앞을 가로막아 설 거다. 아까도 말했지만 세상은 그리 호락호락한 곳이 아니니까. 그래도 네가 굳이 그 길을 가겠다면 내 말리지는 않으마. 또 내 힘닿는 데까지 도움을 주기는 하마. 그것이 내 못다 이룬 일에 대한 미련을 조금이나마 해소할 수 있는 일이기도 할 테니까. 비록 계란으로 바위 치는 일이기는 하겠지만."

탐매의 그 말에 지환은 환한 얼굴로 탐매를 바라보았다.

"감식은 쉬운 게 아니야. 오랜 세월동안 보고 느끼며 터득해야하는 거니까. 그렇다고 해서 글씨나 그림을 알려고 한다면 그건 더더욱 어려운 일이지. 타고난 재주가 있어야 하는데다 오랜 세월 연마를 필요로 하기 때문이야. 또 재주가 있고 오랜 세월 연마를 한다고 해서 모두 다 얻을 수 있다는 보장도 없어. 그러니 네게 필요한 건 감식에 뛰어난 누군가의 도움을 받는 일일 게다. 그 도움에 내가 앞장을 서마."

"감사합니다. 선생님."

지환은 진심에서 우러나오는 감사의 말을 전했다. 탐매도 그런 지환의 마음에 고개를 끄덕이며 흡족해했다. 어쩌면 자신이 못다 이룬 일을 지환을 통해서나마 이루어 내고자 그런 것은 아니었는지도 모를 일이었다.

"그런데 그런 위작들은 어떻게 해서 만들어지게 되었는지요?"

"음, 그렇지. 우선 그걸 알아야지."

탐매는 위작이 만들어지게 된 경위를 설명하기 시작했다.

때는 조선 말, 고종이 등극하고 대원군이 세도를 잡은 시절이었다. 파락호라 불리던 [18]석파 이하응이 실권을 쥐고 세상을 호령했다. 그는 높은 권세만큼이나 글씨와 그림에서도 명성이 드높았다. 추사의 제자로서 당대 최고의 글씨를 쓰고 난을 치는 예술가였던 것이다. 글씨는 추사의 뒤를 이어 빼어났으며 난의 정취 또한 추사를 닮아 뛰어났다.

추사가 세상을 뜨고 난 뒤, 조선의 서화계는 그의 것이나 다름없었다. 누구나 그의 글씨를 원했고 난을 얻고자 했기 때문이다. 때문에 그는 몸이 두 개라도 모자랄 판이었다. 나이 어린 고종을 대신해 나랏일을 돌보기에도 바쁜데 너도나도 난 그림을 원하고 글씨를 부탁해 왔기 때문이다.

맑고 서늘한 바람이 운현궁雲峴宮으로 불어들었다. 벌써 가을이었다. 석파 이하응은 오랜만에 노안당老安堂에 한가로이 앉아 있었다. 노랗게 물든 은행잎 사이로 가을바람이 노랗게 흘러들었다.

"이제 너의 난이 나를 넘어설 지경이로구나. 내가 너에게 난을 가르치고 글씨를 익히게 한 것은 오늘같이 내 몸이 지치고 힘들었을 때 편안함을 도모하고자 함에서였느니라."

---

[18] 석파 이하응: 흥선대원군. 고종의 아버지로 난에 뛰어났음. 추사의 제자이기도 함.

석파 이하응의 앞에는 깔끔한 옷차림의 한 중인이 다소곳이 무릎을 꿇고 앉아 있었다.

"황송하옵니다. 대감의 배려에 그저 감사할 따름이옵니다. 소인이 어찌 사대부의 난과 글씨를 가까이 할 수 있었겠사옵니까? 오직 대감의 하해와도 같은 은덕 덕분이옵니다."

"보잘 것 없는 위인들이 너도나도 그림을 원하고 글씨를 써 달라고 하니 모두 쓸데가 없구나. 이번에도 네가 수고를 해주어야겠다."

"알겠사옵니다."

"내치면 서운하다 할 것이고 이 몸이 수고하기에는 부족한 것들이니 어찌겠느냐. [19]노천老泉 네가 나를 대신해 난을 치도록 하여라. 이번에는 벼랑 끝에 앉아 풍진 세상을 내려다보고 있는 고고한 난을 그려보도록 하여라. 너의 난 치는 솜씨를 한 번 보도록 하자."

"예, 대감. 그럼 그리하도록 하겠사옵니다."

노천은 붓을 잡고 묵지墨池에 담갔다. 검은 먹은 이내 붓을 물들였고 석파 이하응의 얼굴에는 호기심이, 노천의 얼굴에는 긴장감이 감돌았다.

노천은 가늘게 떨리고 있는 붓끝을 냉금지로 가져갔다. 화려한 냉금지는 석파란을 기다리며 서늘한 가을바람을 맞았다. 굽은 등이 태산같이 버티자 붓을 잡은 손은 이내 냉정을 되찾았

---

19 노천 방윤명: 석파 이하응을 대신해 난을 많이 그렸음.

다. 붓끝과 종이 위로 몰입해 들어갔던 것이다.

붓은 냉금지 위에 앉아 그 유려한 흐름을 시작했다. 굵은 선이 살아나며 [20]부벽준으로 살려내는 바위가 힘차고 강직하게 솟아났다. 칼날을 세워놓은 듯, 도끼로 찍어낸 듯, [21]냉금지의 한쪽 끝에 날카로운 절벽을 만들어놓았던 것이다.

이어 거침없는 필선은 냉금지 위를 유유자적 노닐었다. 길게 뻗은 부드러운 선과 위로 치솟는 강렬한 선, 아래로 떨어져 내리는 유려한 선, 짧고 길고 끊긴 선들이 냉금지 위에 조화롭게 살아났다. 봉의 눈과 용의 꼬리가 서리며 난 잎과 난 꽃이 수려하게 피어났다.

석파 이하응의 얼굴에 흡족한 미소가 피어올랐다.

"과연 나의 문자향文字香을 제대로 이해하며 구사할 수 있는 사람은 노천 뿐이로구나. 하늘이 내린 인물임에 틀림없으나 그 타고난 신분이 그러하니 그저 안타까울 뿐이로다."

난을 친 노천은 그제야 허리를 펴며 고개를 들었다.

"황공하옵니다."

황공하다며 머리를 조아리는 노천의 얼굴에 슬픔이 짙게 배어들었다.

"그러나 어쩌겠느냐, 네 신분이 그러하니 그것을 딛고 일어설 수밖에. 하루하루가 좋은 날이라 하지 않았더냐. 네 신분에

---

20 부벽준: 도끼로 찍어낸 듯한 표현으로 주로 바위 절벽을 그릴 때 쓰는 준법의 하나.
21 냉금지: 중국산 고급 수입종이.

얽매이지 말고 너의 현실에 충실하여라. 그리하면 분명 좋은 날이 찾아 올 것이다. 단원도 현감을 지내지 않았더냐. 그 신분은 천했으나 그림 하나로 현감까지 지냈으니 이는 그 재주를 십분 발휘한 결과이니라."

"알겠사옵니다."

"훌륭한 재주를 지니고도 신분만을 탓한다면 그것은 하늘이 준 기회를 버리는 것이니 어찌 안타깝다 하지 않겠느냐. 진정 하늘이 내린 재주라면 신분을 이겨낸 성취를 이루어 내야 할 것이니라. 내 너를 거둔 것은 하늘이 내린 너의 재주를 알아보았기에 그리한 것이며 또한 네가 나를 만남으로써 하늘이 너에게 재주를 내렸음을 증명 받은 것이니라. 허니 부지런히 연마하여 더욱 정진토록 하여라."

석파 이하응은 진정으로 노천을 아꼈다. 비록 그의 수족으로 부리기 위해 가르쳤으나 그의 뛰어난 성취에 어느새 애정을 갖게 되었던 것이다.

석파 이하응은 자신을 대신해 글씨를 쓰고 그림을 그릴 사람들을 두었다. 제자라고 이르기에는 무엇했지만 그래도 손수 가르친 사람들이었다. 노천을 비롯해 일원一園과 흠천欽川 등이 그들이다. 그중에서도 운현궁의 청지기 노릇을 하던 노천이 가장 뛰어났다. 그가 대원군을 대신해 붓을 가장 많이 들었던 사람이다. 대원군은 자신이 직접 상대할 사람이 아니라면 모두 이들에게 대신 그리고 쓰게 했다. 정사가 바쁘고 힘에 겨웠기 때문이다. 자신이 그런 것에까지 신경 쓸 겨를이 없었던 것이다.

"이제 화제를 써 넣도록 하여라. 예조참의 김시흠에게 줄 것이다."

대원군의 말에 노천은 다시 허리를 굽혔다. 한 손은 굳건히 짚고 다른 손은 붓을 움직였다. 유려한 필체가 화려한 냉금지 위에 수놓아졌다.

'깊은 계곡 칼날 같은 바위, 맑고 향기로운 난향 솟으니 발아래 속세가 무상하구나. 누가 있어 깊은 계곡의 난향을 저 풍진 세상에 흩뿌려 놓을 것인가?

난향을 흠모하는 선비 석파가 그리고 쓰다.'

추사를 닮은 석파의 글씨가 살아났다. 진정 누구의 글씨인지 보고 있는 석파도 가늠할 수 없을 지경이었다. 석파 이하응은 고개를 끄덕였다. 매우 흡족한 표정이었다.

"됐다. 수고했느니라."

석파 이하응의 칭찬에 노천은 다시 한 번 고개를 숙였다.

"돌아가 쉬도록 해라."

노천은 자리를 일어서 공손히 물러났다. 섬돌을 내려서 몸을 돌리려하자 석파 이하응의 카랑카랑한 목소리가 다시 한 번 뒤따랐다.

"다시 한 번 이르지만 게을리 하지 말거라. 언젠가는 너의 재주가 크게 빛을 보게 될 것이다."

"알겠사옵니다. 대감."

노천은 또 다시 허리를 굽혀 인사를 올리고는 조용히 노안당을 물러갔다.

훗날 노천은 석파 이하응의 배려로 첨사僉使의 자리에까지 오른다.

"아! 그런 일이 있었군요."

지환은 놀란 얼굴로 탐매를 바라보았다. 진정 새롭고 놀라운 사실이었다.

"그뿐만이 아니다. 그림과 글씨는 재주가 뛰어난 사람이 게으르지 않게 연습만 한다면 얼마든지 흉내 낼 수 있는 거다. 물론 그것이 쉽지는 않지만. 타고난 재주에 피나는 노력이 있어야지."

"그렇다면 추사를 흉내 낸 사람도 있었겠군요?"

지환은 마른 침까지 삼켜대며 바짝 다가앉아 물었다.

"물론이지. 추사 생전은 물론 추사 사후에도 그런 사람이 있었지. 가까이로는 일제강점기에도 있었고."

"추사 생전에도 있었다고요?"

지환은 의외라는 듯 눈을 크게 떴다.

"응, 추사의 제자는 물론 벗들과 한다하는 사람들은 모두 추사의 글씨를 흉내 냈지. 그 당시 트랜드라고나 할까? 모든 사람들이 추사의 글씨를 흠모하고 받들면서 써댔지. 그러니 지금 전하고 있는 많은 작품 중에 추사의 것으로 오해를 사고 있는 작품들이 있는 거야. [22]우봉 조희룡 같은 경우는 얼마나 잘 썼으면 지금도 그를 추사의 제자니 아니니 하면서 의견이 분분하잖아. 또 그 벗이었던 이재 권돈인도 마찬가지야. 벗이면서 제자라고도 하는데 사실 벗을 제자라고 하기엔 그렇지. 나이도 나이지만 그들도 사대부요 권문세가로서 더구나 벼슬로 보나 권세로 보나 추사보다 더하면 더했지 덜하지 않았던 사람인데 말이야. 글씨만 비슷하다 해서 무조건 제자로 추정하는 것은 잘못이지."

탐매의 말에 지환은 고개를 끄덕였다.

"예, 그건 그런 것 같습니다."

"물론 우봉이나 이재나 추사에게서 배웠을 개연성은 충분히 있어. 하지만 제자로서 배우기에는 너무 나이가 많아. 이재는 벗이었고 우봉도 겨우 세 살 아래였는데 제자로 들어갔겠어? 상식적으로 생각해도 이치에 맞지 않는 이야기지. 더구나 이들이 재능이 없던 것도 아니고 그림과 글씨에 문외한이었던 것도 아닌데. 아무튼 이들을 필두로 해서 수많은 사람들이 추사의 글씨를 썼지. 추사의 동생이었던 산천山泉 김명희金命喜나 금미홍眉 김상희金相喜 그리고 아들이었던 상우도 추사 뺨치게 잘 썼다고 해. 전하는 이야기로는 이들이 추사께서 제주에 유배되었을 때 가정형편이 어려워 추사의 글씨를 흉내내 팔아서 생활비를

---

[22] 우봉 조희룡 : 추사의 제자로 글씨는 추사의 글씨를 썼으며 매화에 뛰어났음.

마련했다는 이야기도 있어. 이를 안 추사께서 제발 그러지 말라고 당부까지 했다는 이야기도 있고 말이야. 그러니 추사라 관서되어 있는 글씨 중 가짜가 많은 것은 어쩌면 당연한 것인지도 모르지."

새롭게 듣는 이야기에 지환은 그저 놀라울 뿐이었다. 탐매의 이야기는 계속 이어졌다.

"생전에도 그랬으니 사후에야 말할 필요조차도 없지. 수많은 사람들이 추사의 글씨를 쓰고는 관서하고 인장을 찍어서 팔아먹었지. 때문에 수준에 미치지 못하는 글씨들도 난무하게 된 거야. 그러다가 가짜 그림과 글씨가 판을 치는 절정은 일제에게 나라를 빼앗기고 독립운동을 시작하면서 맞이하게 되지."

"독립운동이라고요?"

"그래. 독립운동."

"독립운동과 그림, 글씨가 대체 무슨 상관이 있다는 겁니까?"

"왜 없겠어. 생각해봐라. 독립운동을 하려면 자금이 필요하지 않겠니. 그것도 많은 자금이 필요하지 않겠어? 그런데 가짜 그림을 그리고 가짜 글씨를 써서 판다면 그 어려운 문제를 아주 쉽고 간단하게 해결할 수가 있다고. 해서 그때 많은 가짜 그림과 글씨가 나오게 된 거야. 지금 시중에 나돌고 있는 그림과 글씨의 대부분이 그때 만들어진 것이라고 보면 돼."

"아! 그럴 수도 있겠군요."

지환은 다시 한 번 놀라지 않을 수 없었다.

"그래. 아는 사람들 사이에서는 공공연한 일이었다고. 독립운동자금을 마련하기 위해 글씨와 그림에 일가견이 있었던 사람들이 직접 위작을 만들기도 하는가 하면 재능이 있는 사람들을 시켜서 하기도 했다고 해. 물론 나라를 구하고자 하는 일념에서 그랬기에 필요악이었다고 해야겠지."

탐매의 흥미로운 이야기는 계속되었다.

"[23]위창葦滄, 동지께서 나서주셔야겠습니다."
"알겠습니다. 조국을 위한 일인데 무엇인들 못하겠습니까?"
위창은 망설임 없이 고개를 끄덕였다.

"고맙습니다. 이번에 자금을 마련하면 우리 광복군이 큰 힘을 얻을 수 있을 겁니다. 무기를 구입하고 동지들의 투쟁에 필요한 자금으로 유용하게 쓰일 것입니다."

"알고 있습니다. 하늘이 나에게 이런 재주를 준 것은 이런 일에 쓰라고 내리신 것일 겁니다. 당연히 그래야지요."

위창은 종이를 펼치고는 심호흡을 가다듬었다. 그리고는 다시 말을 이었다.

"세간에 추사의 글씨와 오원吾園의 그림을 얻고자 하는 사람들이 많으니 추사의 글씨와 오원의 그림을 한 장씩 그려드리겠습니다. 특히 왜놈들은 이분들의 작품이라면 사족을 못 쓰는 형

---

[23] 위창 오세창: 추사의 제자인 역매 오경석의 아들로 글씨에 뛰어났음.

편이니 그 놈들에게 넘긴다면 큰 자금을 얻을 수 있을 것입니다."

"그리할 생각입니다. 이미 판로는 마련해 두었습니다. 총독부의 하시모토 대좌가 추사의 글씨와 오원의 그림에 관심이 많아 천만금을 주고서라도 구입을 원한다고 합니다. 해서 이미 그쪽에 손을 넣어두었습니다."

"그러십니까? 그럼 추사와 오원께는 죄송하나 이 몸이 그분들의 재주를 한 번 흉내내보도록 하겠습니다."

팔을 걷은 위창은 따스한 봄볕이 내리쬐고 있는 대청마루에 앉아 붓을 들었다. 묵지墨池에서 먹물이 유난히도 검은 빛을 발했다. 위창은 거침없이 먹을 찍어 붓을 휘두르기 시작했다.

가로로 놓인 화선지에 검은 획이 꿈틀거리며 솟기 시작했다. 행서로 살아나는 추사의 글씨였다. 자획과 행획이 모두 추사의 것을 닮아 있었다. 힘차게 긋고 가볍게 들어 올려 비백을 살리며 꺾음과 삐침을 활달하게 하여 추사 글씨 특유의 정취를 품었으니 이는 추사 말년의 글씨와 꼭 닮아있었다.

행불무득行不無得
행함이 없으면 얻는 것도 없다

쓰기를 마친 위창은 허리를 세웠고 [24]석오石吾의 입가에는 미

---

[24] 석오 이동녕: 독립운동가. 대한민국 임시정부의 주석을 지냄.

소가 번졌다.

"위창의 글씨는 볼 때마다 즐겁습니다. 손끝의 움직임에 따라 살아나는 옛사람의 글씨와 그림이 시대를 거슬러 오르게 하니 그렇지 않습니까?"

"별 말씀을 다하십니다. 부끄러울 따름입니다."

말을 마친 위창은 다시 작은 붓을 들어 관서를 했다.

'[25]노완老阮이 쓰다.'

그리고는 도인까지 마쳤다.

"추사의 인장은 언제 또 마련하셨습니까?"

"종로에 각을 잘 하는 사람이 있어 부탁했습니다. 추사의 인장을 여러 개 해 두었지요. 이런 때를 위해서 말입니다."

위창은 껄껄 웃었고 석오도 따라 웃었다.

"하시모토를 위해서 말입니까?"

석오의 호탕한 말에 위창은 더 한층 큰 소리로 웃음을 터뜨렸다. 혹독한 시절에 피어나는 모처럼 만의 웃음꽃이었다.

위창은 깨끗한 종이를 도인 위에 올려놓고 문지르기 시작했다. 석오는 의아했다.

"그건?"

위창은 빙긋이 웃었다.

---

[25] 노완: 추사의 호로 늙은 완당이란 뜻.

"방금 찍은 선명한 도인을 보고 누가 옛것이라 믿겠습니까? 이렇게 문질러 인주기를 빼내야 오래전에 찍은 것처럼 보이지요."

"아! 그렇군요."

종이를 바꿔가며 몇 번을 그렇게 문지르자 도인은 정말 오래전에 찍은 것처럼 흐리게 퇴색되어 보였다. 석오도 위창도 흐뭇한 얼굴로 서로를 바라보았다.

이어 위창은 또 다른 종이를 펼쳐놓고는 오원 장승업의 그림을 그려내기 시작했다.

신들린 듯 위창의 손이 붓을 이끌었다. 거침없이 선이 그려지며 눈 덮인 바위 사이에 홀로 피어있는 매화가 살아났다. 흰 눈과 붉은 꽃잎이 조화를 이뤘다. 다소곳이 앉은 매화는 흰 눈 속에서도 청아한 향기를 솔솔 피워냈다.

위창은 다시 화폭의 가장자리에서 붓을 댄 다음 거친 선으로 눈 덮인 푸른 소나무를 그려냈다. 고절한 가지를 아래로 살짝 늘어뜨렸다. 흰 눈과 푸른 소나무가 절묘한 조화를 이뤄냈다. 오원 장승업이 다시 살아나는 순간이었다.

흰 여백을 사이에 두고 붉은 매화와 푸른 소나무 가지가 화폭을 강렬하게 장식했다. 간간이 흩날리는 눈발이 시절의 엄혹함과 조선 사람의 아취고절을 잘 드러내고 있었다.

"대단합니다. 누가 보아도 오원의 그림으로 인정하지 않을 수 없겠습니다."

석오 이동녕은 거듭 감탄의 말을 쏟아냈다. 위창은 그저 빙긋이 웃을 따름이었다.

다시 작은 붓을 들어 화제를 써내려갔다.

'겨울날 매화향기와 솔향기가 아취고절을 겨루니 이까짓 추위가 어찌 범접이나 할 수 있으랴.
[26]심전이 오원을 대신해 쓰다.'

글씨도 유려하고 아름다웠다. 그림의 내용에 어울리는 의미 있는 화제이기도 했다.

"심전心田선생께서 오원의 화제를 많이 쓰셨지요. 글씨는 심전의 것입니다."

위창은 붓을 들며 의미 있는 웃음을 보냈고 석오도 미소로 맞받았다.

"이 정도면 충분합니다. 우매한 왜놈들이 어찌 알아보겠습니까?"

석오는 앉은 채 허리를 굽혀 감사의 말을 건넸다.

"지난 번 주신 그림과 글씨로 신흥무관학교에 큰 도움이 되었는데 이번에 또 이렇게 도움을 주시니 애국이라는 것이 몸으로 힘씀만이 아니라는 것을 이 몸은 다시 한 번 절실하게 느끼고 또 느낍니다."

---

26 심전 안중식: 오원 장승업의 제자로 장승업을 대신해 글씨를 많이 씀.

"이 땅에서 시궁창같이 더러운 왜놈들을 몰아내고 깨끗한 백의민족을 되살리는 데 있어 어찌 재주와 힘을 아끼겠습니까? 동지같이 말을 달리며 화염을 헤치는 가운데 젊은 인재들을 길러내는 분들이 있기에 조국의 앞날이 그래도 희망이 있어 보입니다. 그러지 못하는 이 몸은 이런 재주라도 있었기에 그나마 얼굴을 들고 햇빛아래 나설 수 있는 것입니다. 어찌 아껴두겠습니까? 내일 이 목이 달아나는 한이 있다 하더라도 필요하다면 얼마든지 할 것입니다. 어찌 두려워하겠습니까? 다만 옛 사람들에게 송구하고 또 송구할 따름입니다. 미치지 못하는 재주로 그분들의 이름을 더럽힐까 두려울 따름입니다."

"선생의 그 마음, 조국의 젊은이들과 백성들은 잘 알고 있습니다. 어찌 모르겠습니까? 그러니 두려워할 것도 부끄러워 할 것도 아닙니다."

석오의 격려에 위창은 고개를 끄덕이며 미소를 지었다.

"오랜만에 뵈었는데 너무 무거운 이야기만 하는 것 같습니다. 지난 번 그림과 글씨는 어떻게 하셨는지요? 어느 우매한 왜놈의 재산을 탕진시키셨는지요?"

위창의 물음에 석오는 밝은 얼굴로 답했다.

"동양척식회사의 이노우에 있지 않습니까?"

"아! 그 죽일 놈."

"자그마치 한 장에 오백 원씩 모두 천오백 원을 쏟아 붓더군요. 그래도 모자랐던지 있으면 또 가져오라고 했답니다. 그러니 선생의 그림 값, 글씨 값이야 최고 중에 최고지요."

말을 마친 석오는 통쾌하게 웃어젖혔다. 위창도 크게 따라 웃었다.

"그러니 옛 선인들께 더욱 얼굴을 들 수가 없을 지경입니다. 허나 그도 조국을 위해서라면 기꺼이 받아들여야지요. 다행입니다."

"동지의 도움이 우리 광복군을 비롯한 많은 독립군들에게 큰 힘이 되고 있습니다. 주석께서도 고마움을 전하라 하셨습니다."

"고마움이라니요. 당치 않습니다. 당연히 제가 해야 할 일인걸요."

석오는 은밀히 주변을 한 번 살펴보고는 작별의 말을 건넸다.

"너무 오래 머물면 저들의 눈에 띌 수 있으니 그만 일어날까 합니다."

"그러시지요."

조심스레 글씨와 그림을 갈무리한 석오는 자리를 일어섰다.

섬돌에 내려선 두 사람은 손을 맞잡았다. 눈같이 흰 수염에 대추 빛 불그레한 얼굴의 위창이 날카로운 눈빛에 거무스레한 얼굴의 석오에게 깊은 마음을 전하며 작별을 나누었다.

"다음에 또 뵙겠습니다."

"그러십시다. 무사히 강을 건너기를 빌겠습니다."

위창은 석오가 무사히 압록강을 건너기를 빌었다.

작별을 마친 석오는 재빨리 쪽문을 나서 어디론가 바람같이

사라져 갔다.

위창은 한참이나 뒷짐을 진 채 서서 석오의 그림자를 찾았다. 무사히 떠나기를 빌었던 것이다.

지환은 그저 놀라울 뿐이었다.

"하지만 해방 후에는 사리사욕을 채우기 위해 위작을 만든 경우가 대부분이지."

탐매는 찻잔을 들어 한 모금 마신 후에 다시 입을 열었다.

"어쩌다 가보로 전해지던 그림이나 글씨를 후손에게 똑같이 물려주기 위해 그런 경우도 있었고."

"똑같이 나누어주다니요?"

"왜 그런 것 있잖나. 그림은 한 장인데 자식은 여럿일 때. 이들에게 똑같이 찢어서 나누어줄 수는 없잖니. 그럴 때 모작을 해서는 나누어 주는 거지. 물론 누가 진짜를 물려받느냐 하는 것은 그 다음의 문제지만."

"아! 그런 경우도 있었군요."

"그럼. 모작도 그 그리는 사람의 수준에 따라 달라지니 진짜 같은 가짜가 나올 수도 있고 한참 모자란 위작이 나올 수도 있지. 그건 부탁하는 사람이 어떤 사람에게 맡기느냐에 달려있지. 아무튼 요지경 세상이야. 진짜 같은 가짜가 얼마나 널려있는데. 진실을 알고 나면 어떤 것이 진짜고 어떤 것이 가짜인지 몰라 어리둥절해진다니까. 엄청난 혼란을 겪게 되지. 나중에는 진짜도 진짜로 보이지를 않아요. 너무 속았다는 생각에 그만, 모든 것을 의심하게 되고 말지. 물론 의심하고 또 의심해야 진리에 도달할 수 있다고는 하지만 말이다."

말을 마친 탐매는 허탈한 웃음을 지어보였다.

"그게 우리 고서화계의 현실이다."

"그럼 그런 수많은 위작이나 모작들을 제대로 가려내는 것이 우리시대의 소명이라고도 할 수 있겠군요?"

지환의 물음에 탐매는 답답하다는 표정으로 지환을 바라보았다. 고개까지 절레절레 흔들어댔다.

"소명?"

"예."

한심하다는 투로 되묻는 탐매의 물음에 지환은 천연덕스럽게 대답했다.

"글쎄. 그렇기야 하지만 그런 위작이나 모작들을 소장하고 있는 사람들이 바로 우리 시대의 권력들이라고. 그러니 그런 것이 제대로 가려지겠어?"

지환은 그제야 알겠다는 듯 고개를 끄덕였다.

"아무튼 네가 그것을 밝혀내겠다고 하니 대견하기는 하다."

탐매는 찻잔을 비우고는 자리를 일어섰다.

"글씨 갖다 주고 올 테니 잠깐 있어라."

"예."

탐매는 추사의 글씨를 들고 일어섰다. 그리고는 화창한 거리로 나섰다.

　푸른 이팝나무 한들거리는 거리를 내다보며 지환은 생각에 잠겼다. 새로운 일거리가 생기자 생기가 돌았다. 가슴이 뛰고 흥분되었다. 무언가 할 일이 있다는 것은 늘 즐겁고 신나는 일이었다.

2

보화회 保畵會

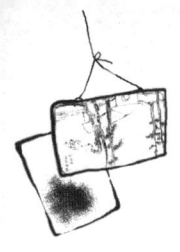

　지환은 지도교수 연구실에서 그림을 살펴보고 있었다. 새롭게 발견된 [27]최북崔北의 산수화였다. 낡은 종이는 시급히 보존처리를 요구할 정도였다. 최북이라야 그리 오랜 세월이 흐른 인물도 아닌데 화폭은 너무나도 보존상태가 좋지를 않았다. 너덜너덜하고 구겨진 자국이 지저분하다 할 정도였다. 지환은 조심스레 화폭을 펴서 살폈다.

　"참으로 안타까운 일이야. 이런 좋은 작품을 그렇게 보관하고 있었다니."

　박 교수가 혼잣말처럼 던지는 말에 지환은 궁금했다. 궁금증은 곧 물음으로 이어졌다.

　"교수님, 어디서 구하셨어요?"

---

[27]　호생관 최북: 조선 후기 화가로 남종화풍의 산수화를 잘 그림. 기이한 행동으로도 유명함.

"강원도 영월에 들렀다가 거기서 우연히 구했다. 영월에 가면 마차리라는 곳이 있어. 그곳을 지나다 목이 말라 물을 먹기 위해 잠시 차를 세웠지. 길가에 좋은 약수터가 있더라고. 그런데 거기서 정말 우연히 한 노인을 만나게 되었어. 물을 마시며 이런 저런 이야기를 나누었지."

"물이 참 좋습니다."
"아무렴요. 예야 예로부터 물 좋고 경치 좋기로 이름난 곳이지요. 여름이면 외지 차로 북적거린다오. [28]청령포淸泠浦도 가깝고."
노인의 청령포라는 말에 박찬석 교수는 그제야 청령포를 떠올렸다.
"아! 그렇군요."
"참 안된 분이지요. 그 어린 나이에 그런 일을 당하셨으니."
노인은 묻지도 않았는데 혼자서 청령포에 대한 탄식을 터뜨려댔다. 아마도 자신이 살고 있는 땅에 대한 애정인 듯 했다.
"예."
박찬석 교수는 찬물을 한 모금 시원하게 들이키고 나서야 맞장구를 쳐주었다. 듣고만 있으면 예의가 아닌 듯했기 때문이다.
"그러니 후세 사람들도 그 분을 위해 정성을 다할 수밖에 없는 거지요. 또 마땅히 그래야 그 분의 억울함이 조금이나마 치

---

[28] 강원도 영월의 명승지. 단종이 유배되었던 곳.

유될 수 있는 것일 테고."

노인의 말에 박찬석 교수는 호기심이 일었다. 호기심어린 눈으로 바라보자 노인은 신이 난 듯 물어왔다.

"호생관毫生館 최북이라는 분을 아시오?"

호생관 최북이라는 말에 박찬석 교수는 놀랐다. 시골 노인에게서 호생관 최북이라는 이름이 나오다니? 호기심이 궁금증으로 바뀌는 순간이었다.

"예, 알고 있습니다. 조선말의 화가였지요. 그런데 어르신께서 어떻게?"

"왜 모르겠소. 여기 사는 사람들은 그 분에 대한 이야기를 죄다 알고 있는데."

"아! 그렇습니까?"

새로운 사실에 박찬석 교수는 더욱 놀라지 않을 수 없었다.

"호생관 최북이 별난 사람이었다는 것도 잘 알겠구려."

"예, 술을 좋아하고 심지어는 자신의 눈을 찔러 스스로 불구가 되기도 했지요."

"그렇소. 그런 그림쟁이였지요. 그럼 그 분이 금강산에 들었을 때 구룡연九龍淵에 몸을 던졌다가 살아난 이야기도 알고 있겠구려."

박찬석 교수의 궁금증은 더욱 커졌다. 고개를 끄덕이며 물을 담은 표주박을 살며시 내려놓았다.

"그 후에 청령포에 들렀는데 그때 여기를 지나면서 우리 8대조 할아버님께 그림을 한 점 그려주고 갔지요. 그게 지금도 남아 있어요."

노인의 말에 박찬석 교수는 깜짝 놀랐다. 이런 생각지 않은 곳에서 호생관 최북의 그림을 만나다니 실로 꿈만 같은 일이었다.

"그 그림을 좀 볼 수 있을까요?"

박찬석 교수의 부탁에 노인은 흔쾌히 고개를 끄덕였다.

"그러시오. 시간이 있다면야 뭐 어렵겠소. 우리 가보를 세상에 알리는 것도 내 바라는 일이기도 하고."

박찬석 교수는 차를 한 쪽으로 비켜놓고는 노인을 따라 나섰다.

짙푸른 배추밭둑을 건너자 작은 길이 구불구불 이어졌다. 시골스런 색깔의 함석지붕들이 여름 산골을 빨갛고 파랗게 장식하고 있었다. 쓰르라미도 귀 따갑게 울어대고 있었다.

야트막한 언덕을 오르자 세월을 이기지 못한 기와집 한 채가 한가로이 자리 잡고 앉아있었다. 옛날에는 제법 있었을 듯한 집이었다.

"들어오시오."

노인은 박찬석 교수를 낡은 대문 안으로 이끌었다. 채 정돈되지 않은 안마당이 왠지 더 정겨워 보였다. 시골냄새가 듬뿍 묻어나고 있었기 때문이다.

마루에 올라앉자 활짝 열린 대문 사이로 언덕 아래의 정경이 또렷하게 드러났다. 푸른 배추밭과 키 큰 미루나무 그리고 은빛 시내가 더없이 한가롭고 아름다운 시골 풍경이었다.

노인은 자주색 보자기에 싸인 무언가를 들고 나왔다.

"이거라오. 우리 8대조 할아버님께서 쓰신 책하고 호생관 최북의 그림이지."

노인은 자랑스럽게 보자기를 풀었다.

"내 조상님 뵐 낯이 없소."

노인의 탄식에 박찬석 교수는 의아한 눈으로 노인을 바라보았다.

"내가 자식이 없다보니 이 가보도 더 이상 물려줄 사람이 없다오."

그제야 박찬석 교수는 이해했다.

"예, 그러시군요."

"그래 이것을 어떻게 할까 고민을 많이 했다오. 결국 누군가에게 물려주기는 해야 하는데."

노인은 말끝을 맺지 못했다. 무언가 말 못할 사정이 있는 듯했다. 박찬석 교수는 욕심이 생겼다.

"물려줄 자제분도 없고 그럴만한 사람도 마땅치 않으시면 제게 파십시오. 제가 이 그림을 사겠습니다."

박찬석 교수의 말에 노인은 기다렸다는 듯 입을 열었다.

"그러시겠소? 나도 이 그림을 박물관이나 어디에다 기증할까도 생각했지만 그러기에는 너무 아깝고 또 내 신세도 처량해서 망설이고 있던 참이라오. 다행히 제대로 된 주인에게 건네줄 수 있다면 그 또한 좋은 일이라 생각하오. 헌데 하시는 일은?"

"예, 조그만 사업체를 하나 운영하고 있습니다."

박찬석 교수는 거짓으로 둘러댔다. 귀찮은 뒷일을 만들지 않기 위해서였다.

"그래요?"

노인도 거래를 위한 예의로 물었다는 듯 더 이상 별 관심을 나타내지는 않았다.

"그럼 그림을 보시지요."

노인은 보자기를 풀었다. 그러자 낡은 한지에 싸인 책과 겹겹이 접힌 그림이 모습을 드러냈다. 귀퉁이가 낡아 헤진 그림 한 폭이 마침내 세상에 모습을 드러낸 것이다. 박찬석 교수는 놀라지 않을 수 없었다. 거친 붓질이나 색채의 대담성으로 볼 때 호생관 최북의 그림이 확실했다. 보존 상태가 좋지 않기는 했지만 호생관 최북의 그림이 틀림없었다. 노인은 탐욕스런 눈빛으로 박찬석 교수를 바라보았다.

"어떻소?"

"좋습니다."

"그림을 좀 볼 줄 아시오?"

박찬석 교수는 얼른 시치미를 뗐다.

"모릅니다. 하지만 옛날 그림이라니까 사두는 것도 괜찮을 것 같습니다."

노인의 얼굴에 실망감이 잔뜩 묻어났다. 상대가 그림을 볼 줄 아는 사람이라야 그림 값을 제대로 부를 수 있었기 때문이다.

"얼마면 되겠습니까?"

박찬석 교수의 물음에 노인은 잠시 망설였다. 그리고는 작정한 듯 입을 열었다.

"오백만 주시오. 내 그림에 관심이 많고 아는 사람이라면 한 천 부르려 했으나 그림을 모른다니 어쩌겠소. 그거라도 임자가 나타났을 때 팔아야지."

박찬석 교수는 고개를 갸웃했다.

"그런데 그림이 너무 낡아서"

박찬석 교수의 흥정에 노인은 당황하는 눈치였다.

"그림의 가치를 아셔야지. 젊은 사람이 뭘 모르는가본데 이 호생관 최북의 그림으로 말하면 우리나라 고서화계에서도 흔치 않은 그림이요. 또한 그 남은 작품이 많지 않아 시중에서도 귀한 대접을 받고 있는 그림이라오."

그림에 몰두되어 있던 박찬석 교수는 노인에게서 풍겨나고 있는 장사꾼 냄새마저도 눈치 채지 못했다. 물려받은 가보家寶 다보니 그림에 대해서 그저 잘 알고 있는 시골사람이려니 생각하고 말았던 것이다.

"그럼 사백에 가져가도록 하시오. 나도 더 이상은 어렵소. 가보를 팔아먹는 이 노인네의 처량한 신세를 생각해서라도 한 번 인심 써 주시오."

노인의 흥정에 박찬석 교수는 더 이상 이의를 제기하지 않기로 했다. 그럴만한 충분한 가치가 있는 그림이라 판단했기 때문이다.

"좋습니다. 그렇게 하겠습니다."

"고맙소. 내 이르지만 이 그림은 싸게 가져가는 줄로만 아시오. 내 살림이 궁해 어쩔 수 없이 팔기는 하지만 나도 내키지는 않소."

박찬석 교수는 서둘러 그림을 넘겨받고 싶었다. 노인의 마음이 변하지 않을까 노심초사했기 때문이다.

"지금 가진 돈이 없으니 잠시 다녀오겠습니다. 영월 시내에 가서 찾아오도록 하겠습니다."

"그러시오. 아직 은행 문을 닫을 시간은 안 되었으니 금방 갔다 올 수 있을 게요."

이야기를 듣고 난 지환은 무언가 의아한 것이 있었다. 그림을 들고 이리 저리 살펴보았다. 하지만 자신의 능력으로는 이것이 진짜다 가짜다 말할 수가 없었다.

풍우오왕도 風雨午往圖
비바람 몰아치는 낮에 가다

화제도 겨우 읽어낼 수 있을 정도로 그림은 너덜너덜했다.

상태가 몹시 좋지 않았던 것이다.

"호생관의 그림 중에 풍설야귀도風雪夜歸圖라는 그림이 있지?"

박찬석 교수의 물음에 지환은 고개를 끄덕였다.

"예."

"바로 그 풍설야귀도와 짝을 이루는 그림이라고 하더라. 화제가 풍우오왕도 아냐. '눈보라치는 밤에 돌아오다.' 라는 화제를 '비바람 몰아치는 낮에 간다.'로 바꾼 거지. 이는 호생관 최북이 청령포에 들러 단종을 애도하고는 가면서 그린 것이라고 해. 노인의 말에 의하면 말이야."

지환은 가짜를 입에 올리려다 입을 꼭 다물고 말았다. 그것은 곧 지도교수의 능력을 의심한다는 말과도 같았기 때문이다.

화폭은 전체가 푸른색이 주조를 이루고 있었다. 비바람 몰아치는 여름날이니 그럴 수밖에 없었다. 화폭의 뒤로는 푸른 산이 버티어 서 있었고 좌우로는 푸르죽죽한 나무들이 듬성듬성 서있었다. 버들과 오리나무 그리고 때때로 소나무도 눈에 띄었다. 화폭의 가운데에는 하얗게 포말을 일으키며 흘러가는 시냇물과 그 위에 섶다리 하나가 놓여 있었다. 그리고 섶다리 위에는 도롱이를 쓴 노인이 막 다리를 건너가고 있었다. 건너편에는 작은 모옥이 한 채 자리 잡고 있었으며 모옥의 창가에서는 누군가 책을 읽고 있었다.

어깨에 낚싯대를 멘 노인의 손에는 버드나무 가지에 꿴 물고기 대여섯 마리가 들려져 있었다. 비바람을 맞으며 급하게 집으로 돌아가고 있었던 것이다.

"어때, 제법 운치가 있지?"

"예, 교수님."

박찬석 교수는 흐뭇한 표정으로 자리를 일어서서는 지환에게로 다가왔다. 마치 훌륭한 전리품이라도 얻은 듯 득의양양하기만 했다.

"검은 밤에 눈 내리는 장면을 그린 그림은 많지. 하지만 비바람이 몰아치는 낮을 그린 그림은 그리 흔치가 않아. 그래서 내 두 말 않고 얼른 이 그림을 산거야. 게다가 호생관 최북의 그림이잖아."

"그런데 그림이 너무 낡았습니다."

"그렇지? 나도 그게 마음에 걸리기는 하는데 뭐 어쩔 수 없지. 보관을 잘못해서 그런 건데 뭐. 하지만 그건 잘 복원을 하면 돼. 요즘은 기술이 워낙 좋으니까."

지도교수의 말에 지환은 속으로 그러니 가짜도 많지요 라며 대꾸해 주고 싶었다. 그만큼 지환이 보기에는 뭔가 의심 가는 구석이 많았던 것이다. 우연이라고 치기에는 너무나도 절묘한 인연이었다. 노인이 그 약수터에 나타나는 장면부터 무언가 찜찜한 구석이 도사리고 있었던 것이다.

"교수님, 그럼 이 그림과 함께 싸여 있었다던 그 책은 어떻게 하셨어요? 그것도 함께 사오시지 그러셨어요."

지환의 물음에 박찬석 교수는 기다리고 있었다는 듯 입을 열었다.

"음, 그 책은 의암집義菴集이라고. 노인의 8대조 할아버지인 의암 김조양이라는 분이 쓴 일기더라고. 거기에 이 그림을 받게 된 경위가 쓰여 있어서 함께 사려고 했지. 처음에는 그림에만 정신이 팔려서 그 책은 생각도 못했어. 그런데 돈을 찾아가지고 가서 다시 그림을 보고 책을 보니까 그런 거야. 그래서 그 책도 함께 사려고 했지만 노인네가 영 말을 들어야지. 도저히 그 짓은 못하겠다고 하더라고. 조상을 팔아먹을 수는 없다면서 말이야. 그림이야 다른 사람이 그린 것이지만 책은 조상의 자취가 묻어 있으니 죽어서 어떻게 조상 낯을 볼 수 있겠냐고 하더라고."

"그렇기는 하겠군요."

"그렇지. 나라도 그랬을 거야."

지환의 말에 박찬석 교수도 맞장구를 쳐댔다.

"아무튼 좋은 작품 하나 구했어. 좀 더 연구를 한 다음에 논문의 주제로 삼을까 하는데 네가 많이 도와줘야겠다."

박찬석 교수의 말에 지환은 고개를 끄덕였다.

"예, 알겠습니다."

"우선 문화재 보존처리 연구소에 연락을 해 두었으니까 거기에 가서 깨끗이 손질을 한 후 보존처리 하도록 해라. 김실장한테 갖다 주면 될 거야."

"예, 알겠습니다."

지환은 그림을 펴서는 화선지로 잘 쌌다. 그리고는 지도교수실을 나섰다.

"연락받고 기다리고 있었습니다."
문화재보존 연구소의 김낙현 실장은 기대에 가득 찬 눈빛으로 지환을 기다리고 있었다. 그의 눈은 지환의 손에 들린 그림에 가 있었다. 지환에게는 관심도 없다는 듯한 태도였다.
"이거로군요?"
그림을 건네받기도 전에 달라는 듯 손까지 내밀었다. 지환은 건네주었다.
그림을 받아든 김실장은 조심스레 화선지를 벗겨냈다. 우중충한 풍우오왕도가 모습을 드러냈다. 김실장의 눈이 가늘어졌다.
지환은 말없이 지켜보았다. 김실장의 눈빛이 예사롭지 않았다. 눈을 가늘게 뜬 채 요리조리 꼼꼼히 살펴보았다. 그림을 뒤집어서는 뒷면도 살폈다.
"음, 풍우오왕도라?"
김실장은 그림을 책상에 올려놓고는 허리를 굽힌 채 다시 세심히 살피기 시작했다. 커다란 돋보기를 들고 살피는가 하면 빛에 비춰보기도 하고 조심스레 어루만지기도 했다. 지환은 곁에서 말없이 지켜보았다.
"종이나 안료는 맞는데 붓을 움직인 것이 호생관의 것과는 조금 다르기도 한 듯 하고, 그렇다고 위작이라고 하기에는 너무 완벽한데."

김실장은 혼잣말로 중얼거리며 그림에 대한 평을 늘어놓았다.

"가짭니까?"

지환이 짧게 묻자 그제야 김실장은 놀란 듯 고개를 돌렸다.

"아니요. 가짜는 아닙니다."

혼잣말을 둘러대기라도 하려는 듯 머리까지 흔들어댔다.

"제가 알아서 보존처리를 해드리도록 하겠습니다. 앉으시지요. 커피 한 잔 하시죠."

김실장의 말에 지환은 의자에 앉았다.

잠시 후, 김실장은 커피 잔을 들고 왔다. 진한 커피 향이 코를 자극해댔다. 오랜만에 맡아보는 진한 향이었다.

"드시죠."

김실장의 권유에 지환은 커피 잔을 들었다.

"가짜 그림을 들고 오는 사람도 있습니까?"

지환의 물음에 김실장은 커피 잔을 입에서 떼며 웃었다.

"웬걸요. 누가 봐도 가짜인 걸 들고 와서는 보존처리를 잘 해 달라고 신신당부하는 것을 보면 참 안쓰러워요. 그걸 돈으로 생각하고 투자한답시고 거금을 주고 샀겠지요. 어떤 때는 우습기도 하고."

김실장은 허탈한 표정으로 지환을 바라보았다.

"물론 그런 사람들이 고위 지도층이나 배운 사람들, 그리고 돈 많은 사람들이 대부분이기는 하지만요. 한심하지요."

지환은 그렇잖아도 씁쓰레했던 커피가 더욱 쓰게만 느껴졌다.

"감정사들이 문제지요. 돈만 알아서는 진짜 가짜 구분 안하고 돈만 벌면 된다는 생각들을 하는가 하면 개뿔 실력도 없으면서 감정을 하고 있는 사람도 있으니까요. 그게 더 큰 문제기는 하지만요."

지환은 스승인 탐매의 말이 떠올랐다. 김실장이 같은 얘기를 하고 있었기 때문이다.

"가짜를 진짜로 둔갑시키면 금전적인 손해만 입히고 마는데 진짜 문제는 진짜를 가짜로 판정하는 엉터리 감정입니다. 그렇게 되면 멀쩡한 문화재가 한 순간에 가짜가 되어서는 휴지조각이 되어버리고 말거든요. 문화재 손실로 이어지는 거지요."

"그렇군요."

지환은 고개까지 끄덕이며 김실장의 격앙된 목소리에 맞장구를 쳐주었다.

"문제는 실력도 안목도 개뿔 없으면서 게다가 양심까지 속여가며 감정을 하고 있는 겁니다. 그러려면 차라리 모르겠다, 더 연구해 봐야겠다, 하면서 판정보류를 해도 되는데 알량한 자존심에 또 그러지는 못해요. 그게 우리 고미술계의 현실입니다."

김실장의 말에 지환도 동의했다. 김실장은 답답하다는 듯 커피 잔을 들었다.

지환은 격앙된 김실장의 태도에서 무언가 느낄 수 있었다. 그래서 조심스레 물었다.

"저 호생관의 그림은 어떻습니까?"

지환의 물음에 김실장은 찻잔을 내려놓으며 지환의 얼굴을 힐끔 쳐다보았다. 입가의 미소가 왠지 내키는 웃음은 아니었다.

"아시잖습니까? 고미술계의 한다하는 박교수님께서 감정을 하셨는데 거기에 뭐 제가 어떤 말을 더 덧붙이겠습니까?"

김실장의 말투에 지환은 듣기가 민망할 정도였다.

"그럼 보시기에."

지환은 단도직입적으로 가짜로 보느냐고 물으려 했으나 김실장이 먼저 지환의 말을 잘라버리고 말았다.

"저는 보존처리만을 부탁받았을 뿐입니다. 저 그림에 대해서는 왈가왈부하고 싶지 않습니다. 또 해서도 안 되고요."

지환은 확신할 수 있었다. 김실장이 보기에는 가짜가 분명하다는 것을 말이다. 그래서 더 이상은 묻지 않았다.

"요즘은 참 기술이 좋아져서 어떤 작품을 가져와도 깨끗하게 되살려냅니다. 저것도 때가 많이 묻어서 지저분한데 보존처리가 끝나고 나면 제법 그럴싸해질 겁니다. 붓 자국은 물론 채색도 본래의 것을 되찾게 되고 너덜너덜한 것도 깔끔하게 살아나지요."

"예, 기술이 좋으신 거죠."

지환의 맞장구에 김실장도 고개를 끄덕였다. 긍정도 부정도 아니었다. 이어 둘 사이에 침묵이 이어졌다. 지환은 커피 잔을 들어 입으로 가져갔다. 어색함을 모면하기 위해서였다. 그런 눈치를 챘는지 김실장이 다시 입을 열었다.

"이 일을 하다보면 참 어처구니없는 경우가 허다해요. 지난해였지요. [29]이징의 산수도였는데 분명 이징의 그림이 맞아요. 그런데 우리나라에서 한다하는 감정가 양반이 이를 가짜라고 부득부득 우기는 거예요. 제가 보기에도 진품이 확실한데."

"어째서 그랬죠?"

"붓질이 거칠다 이거죠. 이징의 필법이 아니라는 거죠. 붓질이 거친 것은 상황에 따라 그럴 수 있는 거잖아요. 기분에 따라 다를 수도 있고, 술을 마셔서 그럴 수도 있고 또 병후에는 그럴 수밖에 없는 거잖아요. 힘이 약하고 거칠고 흔들리고 뭐 그런 건데 이건 아니다 이거에요. 옆에서 지켜보던 제가 어찌나 답답하던지. 우리나라 감정하시는 분들은 뭔가 좀 다시 생각하셔야 합니다. 자기 기준만 세워놓고 거기에 맞지 않으면 죄다 가짜라고 우기거나 진짜라고 고집만 피워대지 말고 냉정하게 있는 그대로 사실대로 감정을 해야 합니다. 그러려면 진짜 프로정신이 있어야 하는데 괜한 권위의식만 있어가지고 전문가 행세나 하려고 드니, 되겠어요? 있는 실력도 줄어들 수밖에. 저 같은 후학들에게도 손가락질이나 당하고. 참 한심하기 짝이 없어요."

"한심한 것으로 끝나면 그나마 다행이지요. 그로 인해 아까 말씀하신대로 문화재가 휴지조각이 되고 돌조각이 되는 우를

---

29 허주 이징: 조선 중기의 화원화가. 산수화를 비롯해 인물, 영모, 초충에 모두 능했음.

범하게 되니 큰일이죠."

지환도 거들었다. 김실장의 얼굴에 미소가 번졌다.

"맞습니다. 어쩌다 우리 고미술계가 이렇게 되었는지 모르겠습니다."

김실장은 깊은 탄식을 토해냈다.

"벌써 이렇게 되었네. 그만 가봐야겠습니다."

시계를 올려다본 지환은 커피 잔을 내려놓고는 급히 자리를 일어섰다. 김실장도 따라 일어섰다.

"그림은 이번 주 안으로 해놓겠습니다. 제가 교수님께 따로 연락드리겠습니다."

"예. 다음에 또 뵙겠습니다."

인사를 나눈 지환은 문화재 보존 연구소를 급히 나섰다.

김실장의 말대로 호생관 최북의 풍우오왕도는 말끔하게 보존처리가 되어서 돌아왔다. 퇴색된 색채는 물론 찢겨져 보풀이 일었던 너덜너덜한 부분까지 말끔하게 처리가 되어 있었다. 흐릿해 구분이 되지 않던 나무들과 물살까지 모두 선명하게 되살아났다. 보존처리 기술의 놀라움을 다시 한 번 실감할 수 있었다. 뭉그러진 듯 알아보기 힘들었던 글자들도 비로소 그 모습을 드러냈다.

풍우오왕도風雨午往圖,
호생관이 금강산에 들렸다가 청령포에서 두 번 사는 삶을 부끄러워하며 그리다. 거기재居基齋 쓰다.

그림의 화제인 풍우오왕도라는 큰 글씨 아래로 작은 관서가 선명하게 드러나 있었다.

"교수님, 화제와 그림이 일치하지 않는데요?"

지환이 묻자 박찬석 교수는 빙그레 미소를 지으며 입을 열었다.

"그런 것 같지? 그런데 그게 아니야. 숨은 의미를 찾아야지."

"숨은 의미요?"

"그래. 비바람이 무엇을 뜻하겠니? 그건 수양대군을 말하는 거지. 그리고 물 건너 작은 모옥의 책 읽는 선비는 단종을 뜻하는 거고. 물을 건너고 있는 조옹釣翁은 호생관 자신이지. 두 번 사는 삶이란 금강산 구룡연에 몸을 던졌다가 다시 살아난 것을 말하는 거야. 청령포에서 단종을 뵙고는 문득 부끄러움을 느낀 거지. 그리고 조옹의 손에 들려있는 물고기 여섯 마리는 사육신을 뜻하는 걸 거야 아마. 이건 내 추측이지만."

"아! 그렇군요."

박찬석 교수의 설명에 지환은 그제야 고개를 끄덕였다. 알겠다는 뜻이었다.

"지환아! 그걸 문수당文秀堂에 갖다 주고 와라."

박찬석 교수의 의외의 말에 지환은 의아했다. 문수당에 갖다 주고 오라니? 분명 논문을 쓰겠다고 했는데.

"교수님, 논문은?"

"응, 그만 두기로 했다. 누가 꼭 필요하다고 해서 그냥 넘겨주기로 했어."

박찬석 교수의 말에 지환은 어리둥절했다.

"갖다 주기만 하면 돼."

"예."

자세히 묻고 싶었으나 지환은 그만두었다. 무언가 집히는 것이 있었기 때문이다. 지환의 머릿속에 김실장의 얼굴이 떠오르는 것도 그와 동시였다.

"교수님께서 갖다 드리면 된다고 했습니다."

"아, 그래. 자네가 지환이란 학생이군."

"예."

얍삽하게 생긴 문수당의 주인은 박찬석 교수보다도 훨씬 나이가 들어있었다. 최고의 거래상답게 눈매가 교활해보였다. 안경 너머로 쥐 눈을 굴리며 지환을 살폈다. 지환은 왠지 부담스러웠다.

"그림은 주고 잠깐 앉아있게."

지환은 고급스런 물소가죽 소파에 몸을 앉혔다. 편안했다.

최고의 고서화점답게 문수당은 화려했다. 모든 것이 넉넉하고 풍족하기만 했다. 걸려 있는 그림들과 글씨 그리고 손님을 위한 가구들마저 최고급품이었다.

단원의 그림부터 [30]북산 김수철, [31]청전 이상범, [32]운보 김기창까지 없는 것이 없었다. 물론 복사본이기는 했지만.

하지만 걸려있는 복사본은 진품을 소장하고 있다는 뜻이기도 했다.

문수당의 주인인 최노인은 자타가 인정하는 최고의 고미술품 거래상이었다. 오늘의 문수당이 있기까지 최노인은 최고의 실력을 발휘했다. 거래는 물론 감정까지, 그의 손을 거치지 않은 고미술품이 없을 정도다. 그러니 어지간한 교수들도 최노인 앞에서는 명함도 내밀지 못했다.

최노인은 작은 쥐 눈을 굴리며 지환이 건네준 풍우오왕도를 세심히 살펴보았다. 최노인의 눈에 긴장이 묻어났다. 때로는 고개를 살살 흔들어대기도 했다. 무언가 마뜩찮다는 표정 같았다. 지환은 최노인을 향해 고개를 돌린 채 호기심 어린 눈으로 지켜보았다. 최노인은 그런 것도 모른 채 감정에 몰입되어 있었다.

"커피 드세요."

---

[30] 북산 김수철: 조선 후기의 화가로 추사파의 일원. 산수와 화훼를 잘 그림.
[31] 청전 이상범: 심전 안중식의 제자로 한국적인 산수화를 개척함.
[32] 운보 김기창: 이당 김은호에게 사사받았으며 청록산수 또는 바보산수로 유명함.

지환이 놀라 고개를 돌려보니 점원인 아가씨가 카키색 찻잔에 커피를 내왔다. 지환은 엉겁결에 인사를 하고는 잔을 받았다. 아가씨는 놀란 지환의 표정에 재미있다는 듯 가볍게 웃음을 지어보였다. 살포시 들어간 보조개가 인상 깊은 아가씨였다.

아가씨가 돌아가고 나서 최노인이 다가왔다. 최노인은 지환의 앞에 앉았다.

"박교수가 한 거니까 내 믿고 다리를 놓아 줄 수밖에. 칠성그룹 이회장님이 원하시고 있고 또 검찰청의 박부장님도 손을 넣어놨다고 전해드리게. 그럼 알거야."

"예."

"천천히 마시도록 해."

아가씨가 또 다시 찻잔을 들고 왔다. 이번에는 감로차였다.

"응, 그래."

최노인은 찻잔을 들어 천천히 마셨다. 또랑또랑한 눈빛이 영악하기 그지없어보였다. 저런 눈빛이니 고미술계를 들었다 놨다 하는 게로구나 하고 지환은 생각했다.

"자네도 이 마당에 몸을 담고 있는 사람이니 얘기지만 항상 조심해야 돼. 우리 말 한마디에 몇 억이 왔다 갔다 하지 않는가?"

"예."

지환은 짧게 대답했다. 고미술계의 한다하는 권위자 앞에서 감히 덧붙일 수 없었기 때문이다.

"자네 스승인 박교수나 나나 그래도 이 마당에서는 손꼽는 사람들인데 서로 믿고 일을 해야지. 서로 돕고."

지환은 최노인의 말에 고개를 끄덕여 대답을 대신했다. 마지막 서로 도와야 한다는 말에는 무언가 깊은 의미가 있음도 알았다. 지환은 궁금했다. 풍우오왕도의 진실을 알고 싶었다. 김실장이나 최노인의 말에는 무언가 은밀한 것이 있었기 때문이다. 잠시 침묵이 흐르고 나서 지환은 조심스레 입을 열었다.

"한 가지 여쭙고 싶은 것이 있습니다."

지환의 조심스런 말에 최노인은 또랑또랑한 쥐 눈을 굴려대며 물었다.

"뭔가?"

"어르신께서는 어떻게 문수당을 최고의 고미술점으로 이끄셨는지요? 제가 어르신을 뵈면 꼭 여쭤보고 싶었던 것입니다."

지환의 물음에 최노인은 찻잔을 들며 빙그레 웃었다.

"자네가 보기엔 어떤가?"

"예?"

지환은 당황했다. 먼저 물었는데 다시 되묻는 최노인의 의도를 몰랐기 때문이다.

"자네가 보기에는 내가 어떻게 해서 이 문수당을 일으켜 세웠을 것 같은가?"

"그야 어르신의 탁월하신 감정 능력과 수완이 그렇게 하셨겠지요."

지환의 대답에 최노인은 감로차를 한 모금 들이마시고는 찻잔을 내려놓았다. 그리고는 핀잔을 주듯 되물었다.

"그렇게 잘 알고 있는 사람이 뭐 하러 또 묻는단 말인가?"

최노인의 핀잔에 지환은 머쓱해지지 않을 수 없었다. 대답을 해놓고 보니 그도 그랬기 때문이다.

"제가 궁금한 것은 어르신의 수완입니다. 감정이야 쉽게 터득할 수 있는 것이 아니기에 여쭐 것이 못되고, 수완은 어떤 방법이 있으실 것 같아 여쭤보는 것입니다."

지환의 말에 최노인은 그제야 진지한 얼굴로 답했다.

"자네 말대로 감정이야 하루아침에 터득할 수 있는 것이 아니니 지금 말 할 것이 못되고, 수완도 그러하네. 수완이라는 것에 부지런함이나 타고난 성품이나 그런 것들이 필요하기도 하겠지만 내게 있어서는 그런 것보다는 운運이 따라주었기에 가능한 일이었네."

"운이라니요?"

"남들이 외면하는 일을 일찍 찾아 나섰던 게지. 그러니 운이 따랐다고 할 수밖에."

"무슨 말씀이신지?"

지환이 다시 묻자 최노인은 진지하게 입을 열었다.

"지난날이야 먹고 살기 어려워 어디 그림이다 글씨다 신경 쓸 겨를들이 있었나. 목구멍이 포도청이라고, 하루 끼니를 때우는 것에 급급했던 나머지 대대로 간직해오던 가보家寶도 내다파는 데만 정신들이 없었지."

지환은 고개를 끄덕였다.

"거저 줍다시피 사들였어. 요즘 들어서 고미술이 좋은 투자처로 관심 받으면서 문수당도 세간에 알려지게 되고 덕분에 내 이름도 유명세를 타게 되었지. 그러다 보니 지금은 이 바닥에서 누구 못지않은 지위도 얻게 되었어. 생각해보면 옛말이 틀린 게 하나도 없는 것 같아. 한 우물을 파라고 했잖아. 무엇이든지 한 가지만 죽도록 파고들면 언젠가는 빛을 보게 되어있어. 그게 진리고 세상 이치야."

최노인의 말에 지환은 고개를 끄덕였다. 딴은 그렇기 때문이었다.

"이런, 정신을 어디다 두고 있는지. 약속이 있어서 나는 그만 나가봐야겠네. 아무튼 박교수에게 그렇게 전하게나."

"예, 알겠습니다. 어르신."

지환은 최노인을 따라 일어섰다. 최노인은 점원 아가씨에게 무어라 당부해 놓고는 서둘러 문수당을 나섰다. 지환도 최노인을 따라 나섰다.

상냥한 아가씨는 문 앞까지 따라 나오며 떠나는 지환을 배웅했다.

"안녕히 가세요."

생각지 못한 환대에 지환은 황송한 표정으로 점원 아가씨의 인사를 맞받았다.

"예, 다음에 또 뵙겠습니다."

허리를 굽혀 어색한 인사로 답한 지환은 짙푸르게 물들어가고 있는 가로수를 향해 발걸음을 옮겨 놓았다.

지하철 입구까지 걸어가며 지환은 생각에 잠겼다.

'풍우오왕도는 처음부터 있지도 않은 그림이었다. 가상의 세계를 현실로 끌어들이려 하고 있다. 그 중심에 학계 최고 권위자인 박교수님이 있고 그를 둘러싸고 문화재 보존 연구회 김실장과 문수당의 최노인이 있다. 이들이 풍우오왕도의 전설을 만들어가고 있는 것이다. 하지만 증거가 없다. 심증은 있지만 그것을 밝혀낼 실력이 없으니 알면서도 속을 수밖에 없다. 이것이 현실이다. 선생님의 말씀이 무엇인지 이제야 어렴풋이나마 알 수 있겠다.'

지환은 스스로 자괴감을 느끼지 않을 수 없었다.

'그러니 눈깔 박는 것을 보고도 그대로 믿을 수밖에.'

언젠가 지환은 박찬석 교수가 몰래 후인後印을 하는 것을 보았다. 실로 어처구니없는 일이었다. 그러나 더 심각한 것은 그것을 곧이곧대로 믿었던 자신이다.

"교수님."

지환은 평소대로 친근하게 교수님을 부르며 문을 열어젖혔다. 순간 박찬석 교수의 얼굴에 당혹감이 어리며 눈살이 잔뜩 찌푸려졌다.

"노크를 하는 게 예의 아닌가?"

평소와 다른 박찬석 교수의 차가운 목소리에 지환은 당혹스러웠다. 하지만 박찬석 교수는 이내 평정심을 되찾았다. 그리고는 멋쩍은 얼굴로 그림을 가리켰다.

"임전林田 조정규趙廷奎의 그림이야. 도인이 없어서 새로 찍는 거지."

박찬석 교수는 언제 그랬느냐는 듯 부드럽게 둘러댔다. 아마도 자신의 불순한 행위에 대한 정당성을 부여받기 위해서인 듯 했다. 아직도 그의 손에는 붉은 인주가 묻은 인장이 들려져있었다. 그림에는 선명한 도인이 찍혀 있었다. 낡은 그림에 비해 어색한 선명함이었다.

"교수님, 옛날 그림에 이제서 도인을 해도 되나요?"

지환의 질문에 박찬석 교수는 다행이라는 듯 당당히 입을 열었다.

"그럼. 도인이라는 게 꼭 당시의 작가가 찍어야 한다는 법은 없거든. 물론 그래야 더욱 확실하고 좋기는 하지만. 작가가 도인을 하지 않았을 경우 후대에 찍는 경우도 많아. 물론 자기 것을 찍는 경우가 대부분이고 지금처럼 작가의 것을 새겨서 찍는 경우는 그리 흔치 않지."

박찬석 교수는 슬며시 지환의 눈치를 살피고는 다시 말을 이었다. 자신의 불순한 행위에 대한 미안함과 죄스러움에 대한 염려인 듯 했다.

"하지만 이건 임전선생의 그림이 확실하기 때문에 그것을 증명해 두기 위해서라도 찍어두는 게 좋지. 그래서 후인을 하는 거야. 그래야 또 시중에서 거래될 때 안전하기도 하고. 그렇지 않으면 진품으로서의 가치를 잃을 수도 있을 테니까, 그러면 얼마나 큰 손해야. 문화재의 손실이지."

박찬석 교수의 말을 지환은 천금같이 믿었다. 또 그럴 수밖에 없었다. 고서화를 배우고 있는 학생으로서 아직은 아무것도 모르는 청맹과니와도 같았기 때문이다. 지환은 그런가보다 했다. 그만큼 박찬석 교수에 대한 믿음은 절대적인 것이었다. 그런데 이제 그 믿음이 깨지고 있었다. 후인이라는 감정행위는 눈깔이나 박는 천박한 장사꾼의 짓으로 보이고 그의 고서화에 대한 모든 행위도 음흉한 마수로만 인식되기 시작한 것이다. 고서화계를 혼란에 빠뜨리는 장본인으로 알게 것이다. 박찬석 교수에 대한 지환의 불신은 풍우오왕도로 인해 더욱 짙어졌다.

푸른 가로수를 뒤로하고 지환은 지하철입구로 들어섰다. 탐묵서림으로 가기 위해서였다.

"선생님, 그렇게 심각할 줄은 몰랐습니다. 이 정도일 줄은 정말 몰랐습니다."

지환의 탄식에 탐매 송계하는 씁쓸한 웃음을 지었다.

"어떻게 그럴 수가 있습니까? 그래도 대학에서 교수로 계시는 분이, 또 우리 고미술계의 최고 권위자라는 분이."

지환의 목소리에는 울분마저 짙게 배어있었다. 스승의 부도

덕함에 대한 실망이기도 했을 것이다.

"내 무어라든. 그건 빙산의 일각을 보았을 뿐이야. 이제야 제대로 된 현실의 일부만을 본 것에 불과하다고. 우리나라 고서화계의 현실을 모두 알고 나면 놀라 자빠질 거다."

"지난번에 말씀을 하셔서 짐작은 하고 있었습니다만 실제로 이렇게 보고 나니 정말 무어라 할 말이 없습니다. 제가 보기에는 그 풍우오왕도라는 것은 있지도 않은 그림을 만들어낸 것 같습니다. 그리고는 수집가들에게 비싼 값으로 팔려고 하고 있어요. 새로운 거짓 역사를 만들어가고 있다고요."

"그게 우리 고서화계의 현실이다. 저들은 미술사적으로나 역사적으로나 사명감이라든가 책임의식 이라든가 그런 것들과는 거리가 멀어. 그저 큰돈을 손에 쥐고 자신들의 권위만 유지하면 그뿐이라고. 그게 저들의 목적이기도 하고."

지환은 고개를 끄덕였다.

"말이 나온 김에 내 한 가지 더 이야기해 줄까?"

탐매의 말에 지환은 호기심이 일었다.

"지난번에 내 시간이 없어서 못했는데, 보화회保畫會라는 모임이 있어."

"보화회요?"

"그래, 보화회. 우리 고서화를 보호하겠다는 모임이라고 하더군."

"고서화를 보호한다고요?"

"응, 하지만 그게 진짜 고서화가 아니라 가짜라는데 문제가 있지. 진짜 그림을 보호한다면 그 의도가 얼마나 좋겠어. 국가적으로나 미술사적으로도 권장하고 지원을 해 주어야 마땅한 일이지."

"가짜 그림을 보호한다니요?"

"들어봐. 지난번에도 말했지만 우리나라 국보로부터 시작해 미술관, 박물관에 있는 그림 다수가 가짜라고 했잖아. 그 가짜가 어떻게 해서 국보로 지정되고 미술관이나 박물관에까지 앉아 있을 수 있겠니? 모두 다 저들의 비호아래 그렇게 된 거라고. 감정이라는 미명아래 가짜가 진짜의 탈을 쓰고 난 뒤에나 가능한 일이지. 그러니 너 같은 미꾸라지가 나타나면 어떻게 해야겠니? 그냥 구경만 하고 있어야겠어? 그렇게 되면 자신들의 권위는 물론 음모가 모조리 드러나게 될 텐데."

"아! 그런 모임도 있었군요."

지환은 그제야 믿기지 않는 보화회의 존재를 알게 되었다.

"그럼 그런 사람이 나타나면 저들은 어떻게 하나요?"

"지난번에도 얘기 했잖니. 쉽지 않을 거라고. 그게 다 그런 이유야. 나도 한때는 그랬다고 했었지? 헌데 도중에 그만 포기하고 말았어. 왜? 너무 힘드니까. 도저히 먹혀들지를 않아. 세상이 이미 저들에 의해서 지배되어 있는데 미친놈의 말을 믿겠어. 하루아침에 미친놈으로 전락하고 마는 거지. 처음에는 젊은 혈기에 어떻게든 해보겠다고 달려들었지. 그런데 방법이 없는 거야. 언론은 막혀있지. 저들은 대꾸도 하지 않지. 세상에 나만 이상한 사람이 되어있더라고. 혼자서 상대도 없는 싸움을 하고 있었던 거야. 저들이 대꾸라도 해주어야 뭐가 되는데 저들은 아예 일언반구도 하지 않고 있으니 나만 돈키호테가 되어 버리고만 거지. 결국 모든 게 유야무야 되어 버리고 조용해지자 그제야 저들이 내게 손을 내밀어 오더라고."

"손을 내밀어오다니요?"

"그래, 회유하며 동참을 요구해온 거지. 그때서야 비로소 보화회의 존재를 알게 되었고 실체를 보게 되었지."

"그래서 어떻게 하셨어요?"

지환은 몹시 궁금하다는 듯 대답을 재촉했다.

"어떻게 하긴, 단호히 거절했지. 그랬더니 이번에는 협박까지 하더군."

"협박을요?"

탐매는 씁쓸한 표정으로 계속 입을 열었다.

"이 탐매를 우습게 알고 그런 얕은 수작을 부리더라니까. 저들의 말에 순순히 넘어갈 이 탐매였다면 아예 그런 일을 벌이지도 않았을 텐데 말이야. 내 비록 저들의 힘에 눌려 뜻을 이루지는 못했지만."

"탐매선생, 그래도 이 바닥에서는 명망이 있으신 분이 그래서야 쓰겠습니까? 서로 돕고 사는 게 예의지요."

고서화협회 박선도 이사장이었다. 끊임없이 굴려대고 있는 눈동자에서 초조함을 읽어낼 수 있었다. 그의 앞에는 탐매 송계하가 서 있었다. 담담한 표정에 당당한 태도는 마치 꼿꼿한 대나무와도 같았다. 어떠한 유혹에도 흔들림 없을 모습이었다.

둘의 만남은 한적한 공원에서였다. 한 사람은 고서화계를 쥐락펴락하고 있는 권력자요 또 한 사람은 패기 넘치는 젊은 감정가였다.

공원은 피어나는 봄꽃으로 정신이 없었다. 불그레한 진달래와 노란 개나리가 낮은 울타리를 장식하고 있었으며 발아래로는 수선화도 한창이었다.

"이미 지난 번 일로 모든 걸 말씀드린 겁니다. 어떠한 말씀을 하셔도 제 마음은 변함이 없을 것이며 아쉽지만 제의하신 일은 듣지 않은 것으로 하겠습니다."

탐매의 대답에 이사장은 더욱 초조해했다.

"지나친 사양도 예의가 아닙니다. 나이 든 사람이 이렇게까지 부탁을 하는데."

이사장은 탐매의 눈치를 보아가며 조심스럽게 입을 열었다.

"젊은 사람이 그렇게 융통성이 없어 앞으로 세상을 어떻게 살아가려고 그럽니까?"

탐매의 태도에 변함이 없자 실망한 이사장의 목소리가 제법 높아지기 시작했다.

"위작을 알고도 바라만 보고 있다면 이는 진리를 버리고 거짓을 받드는 것이나 마찬가지이니 선인들의 뜻에도 합당치 않습니다. 사양하겠습니다."

"누가 그걸 몰라서 그럽니까? 세상일이라는 것이 때로는 이렇게도 될 수 있고, 또 때로는 저렇게도 될 수 있는 것인데. 너무 깨끗하게만 살려하면 현실이 너무 버거울 수도 있습니다. 물이 너무 맑으면 고기가 없다고 하지 않습니까?"

"고기가 없어도 깨끗이 살 수만 있다면 그것으로 족하겠습니다. 그게 제 고서화에 대한 신념입니다."

탐매의 우직한 말에 박선도 이사장은 깊은 탄식을 쏟아냈다.

"그렇다면 우리 보화회와는 등을 지겠다는 말이군."

이사장의 말투가 어느새 은근한 협박으로 바뀌어 있었다. 그럼에도 탐매는 입조차 열지 않았다.

"젊은 사람이 어른이 이야기하면 들을 줄도 알아야지. 그렇게 꽉 막혀서야 어디 쓰겠나."

목소리는 더욱 높아졌다.

"우리 보화회를 너무 얕보고 그러는 모양인데 그렇게 했다가는 이 바닥에서 제대로 발붙이고 있을 수도 없어. 알겠나? 협회는 물론 모든 고미술계 사람들이 자네를 철저히 따돌리고 외면할 테니까 말이야. 학계와 언론, 출판계, 수집가 등등. 그렇게 된다면 과연 이 바닥에서 자네의 존재가치가 있을 수 있겠나? 어림없는 일이지."

박선도 이사장의 협박에도 탐매는 그저 의연하기만 했다. 표정이나 태도에 조금도 변화가 없었던 것이다.

탐매를 끌어들이는데 실패한 박선도 이사장은 툴툴거리며 아름다운 봄날의 공원을 가로질러 갔다. 탐매도 발길을 돌려 공원을 떠났다.

"그 후로 아주 힘든 날들을 보냈지. 손님은 끊어지고 물건도 구하기 어려워진 거야. 돈을 위해 이 길로 들어선 것이었다면 그때 벌써 다른 길을 찾아 나섰을 거야. 그래도 나름대로 고서화에 대한 신념과 자긍심. 뭐, 그런 것이 있었기에 버틸 수 있었지. 그리고 나서 몇 년 지나니까 저들도 나라는 존재를 잊어버리고 말더라고. 그리고 내게도 좀 여유가 생기기 시작했지."

탐매가 입술을 적시느라 잠시 말을 끊은 사이 지환은 궁금하다는 듯 물었다.

"선생님, 보화회라는 조직은 어떤 거죠?"

탐매는 그제야 깜빡했다는 듯 다시 말을 이었다.

"이런! 실체를 빼놓고 엉뚱한 이야기만 늘어놓았군 그래. 보화회라는 것은 아까 말한 대로 위작을 진작으로 조작하는데 목적을 둔 일종의 사기꾼들의 집합체라고 할 수 있지. 물론 여기에는 그림뿐만이 아니라 글씨, 조각 그리고 넓게는 고미술품 전체를 포함하고 있어. 때문에 이들은 모두 고미술계와 관련된 사람들이지. 교수를 포함한 학자들, 또 화가, 서예가, 감정가, 수집가, 비평가 등 심지어는 미전美展과 서전書展의 입상자들이나 유명 화가, 서예가의 후손들까지 모두 망라되어 있어. 수집가

중에는 정치인이나 고위 관료, 기업체 회장이나 사장, 거대 화랑을 포함한 개인 미술관과 박물관을 운영하고 있는 사람들도 포함되어 있고. 생각보다 꽤 방대한 조직이지. 그러니 언론이나 출판계에서도 감당을 할 수 있겠어? 저들이 한 번 움직이기만 하면 없던 일도 만들어내는 판이니."

지환은 이야기를 듣는 순간, 거대한 벽을 앞에 두고 서있는 듯 했다. 보화회라는 조직의 거대한 힘에 저절로 주눅이 들고 말았던 것이다. 탐매 송계하가 왜 그렇게 자신을 말러댔는지도 이제야 알 수 있었다.

"그렇다고 너무 기죽을 건 없다. 세상은 언젠가 진실을 알아주게 되어 있으니까. 나는 못했지만 너는 할 수 있을 거다. 왜냐면 내가 하려던 시대와 네가 하려는 시대가 다르기 때문이야. 내가 하려던 때는 저들의 힘에 대항할 협력자를 구하기도 어려웠고 또 있지도 않았지. 그러나 지금은 그렇지 않아. 찾아보면 의외로 많을 수도 있어. 그들을 잘 활용하기만 한다면 충분히 승산이 있어. 숨은 실력자들이나 관심이 많은 사람들을 찾아서 규합하면 얼마든지 저들에 대항할 수 있는 힘을 모을 수가 있다고."

"어떤 협력자들이 있을까요?"

"우선 내가 있고 또 네 주변에도 있을 거야. 너와 같은 생각을 갖고 있는 사람들. 그들과 함께 힘을 모을 수도 있고 조직을 만들 수도 있어. 내가 하려던 시대와는 달리 지금은 많은 사람들이 고미술에 관심을 갖고 있어. 일반 수집가들도 그렇지만 젊은 학자들과 연구자, 비평가까지 찾으려들면 얼마든지 있을 거다. 그런 게 바로 내가 하려던 시대와 네가 하려는 시대의 차이야."

"예에, 그렇군요."

"그 일을 하기 전에 우선 네 지도교수인 박찬석 교수에 대해 알아야 할 거다. 내가 보기에는 박교수 역시 보화회 회원임에 틀림없어."

지도교수 박찬석 교수라는 말에 지환은 가슴이 무거워졌다. 지도교수를 적으로 두어야 한다는 사실이 큰 부담으로 다가왔기 때문이다.

"보화회 회원은 철저한 비밀에 부쳐진다는 점을 잊지 말아야 한다. 보화회 자체가 점조직으로 이루어져 있기 때문에 그 누구도 알 수가 없어. 그래서 같은 회원끼리도 상대가 보화회 회원인지를 모르는 경우가 허다하지. 왜냐면 보화회 회원임이 알려지는 날에는 고미술계에서 활동하는 데 많은 지장을 초래하기 때문이야. 고미술품을 감정하는 것도 그렇지만 특히 거래하는 데 있어 상대가 보화회 회원이라는 사실을 알고 나면 누가 믿고 그 사람과 거래를 하려고 하겠나? 물론 보화회라고 해서 모두 가짜만을 취급하는 것은 아니지만 말이다."

탐매의 말에 지환은 고개를 끄덕였다.

"박교수도 아마 보화회 회원임에 틀림없을 거야. 아무리 점

조직으로 이루어져 있다 해도 저절로 드러나는 사람들이 있잖아. 낭중지추라고. 아까 말한 사람들, 고미술협회의 간부들이라든가, 박교수처럼 이름 있는 사람이나 알려진 사람들, 그런 사람들은 감정하는 것이나 행동하는 것을 보면 대충 감으로 알 수 있어."

"감으로 알 수 있다고요?"

"응. 알 수 있고말고. 삼년 전이었지 아마."

"이건 추사의 글씨가 분명하군 그래. 관서와 도인도 그렇고 이 춘자春字와 풍자風字를 보라고, 춘풍대아 [33]대련의 춘풍과 똑같잖아. 행획行劃이나 작자作字, 배자配字가 모두 추사의 것이 틀림없어."

고미술 비평가인 시전柴田 반위소潘瑋小는 새로 발굴된 추사의 글씨를 보고 흥분해 있었다.

대인춘풍對人春風
사람을 대할 때는 봄바람과 같이 부드럽게 하라

네 자였다.

"박교수 어떻소?"

---

[33] 대련: 대구(對句)의 글. 대문이나 기둥의 양 쪽에 부착하거나 걸어 둠.

시전은 흥분된 얼굴로 박찬석 교수에게 물었다. 흥분된 표정에는 동의를 구하고자 하는 간절한 마음이 역력히 드러나 있었다.

"예, 제가 보기에도 그렇습니다. 이 승련노인勝蓮老人이라는 관서와 추사께서 불이선란不二禪蘭에 쓰셨던 묵장墨莊이라는 인장이 그것을 증명하고 있습니다. 또한 행획이나 작자 그리고 배자가 모두 추사의 것이 틀림없습니다. 저도 진작眞作에 한 표 던지겠습니다."

박교수의 말에 시전은 흡족한 미소를 지었다. 그러자 함께 있던 감정가 몇 사람도 동의를 표했다. 진작으로 인정했던 것이다. 그러나 탐매는 의구심을 가졌다. 몇 가지 의문스런 점이 있었기 때문이다.

"하지만 지금 진작이라고 결론을 내리기에는 성급한 감이 있습니다. 여러분이 진작으로 말씀하셨습니다만 제가 보기에는 몇 가지 고려해 보아야 할 점이 있습니다."

뒤에서 보고만 있던 탐매가 나선 것이다. 모두의 시선이 그에게로 모아졌다. 시전과 박교수의 얼굴에 불쾌해하는 기색이 역력히 드러났다.

"뭡니까? 뭐가 의문스럽다는 겁니까?"

"우선 이 승련노인勝蓮老人이라는 관서는 여러분도 잘 아시다시피 추사께서 60대 초반에 많이 사용하신 호입니다. 그런데 글씨는 무르익은 60대 말의 글씨입니다. 한 번 생각해봐야 하지 않겠습니까?"

탐매의 말에 정적이 감돌았다. 그리고 그 정적을 깬 것은 시전 반위소였다.

"승련노인이라는 호는 추사께서 60대 전반에 걸쳐 쓰신 호입니다. 때문에 글씨가 무르익었던 60대 말에도 종종 사용하셨습니다. 물론 60대 초반에 많이 쓰시기는 했지만 말입니다. 분위기에 따라, 또 때에 따라 호는 달리 쓸 수도 있습니다. 어찌 호만 가지고 추사작품의 진위를 말하려 합니까? 승련노인이라는 호가 분명하고 글씨체가 확실한데 무엇을 더 의심하려고 합니까?"

"그렇습니다. 관서에 쓰는 호라는 것은 분위기나 기분에 따라 달리 할 수 있습니다. 더구나 추사같이 호가 많으신 분들은 더 더욱 그렇지요. 선생의 말대로라면 추사 말년의 작품에는 모두 노완老阮이나 칠십일과七十一果 같은 호만이 쓰여 있어야 한다는 말입니다. 실로 작품 감정에 있어 큰 오류를 범하는 것이지요."

"제가 드리는 말씀은 위작僞作이라는 말이 아닙니다. 감정을 좀 더 신중히 하자는 이야기지요. 더구나 묵장이라는 인장은 불이선란과 같이 난 그림에 주로 썼고 글씨에 쓴 것은 본 적이 없습니다."

몇 몇 감정가들도 고개를 끄덕이며 탐매의 말에 동조하는 듯한 태도를 보였다. 그러자 시전 반위소와 박찬석 교수는 당황해 하며 목소리를 높여댔다.

"글씨를 감정함에 있어 글씨만한 것이 어디 있겠습니까? 이 대인춘풍은 추사의 글씨체가 확실합니다. 글씨가 진필인데 다른 것을 논하려하다니요?"

"맞습니다. 필획이나 배자나 모두 추사의 글씨가 확실합니다. 이 시전이 보증합니다. 짧지 않은 세월동안 글씨를 써왔고 또 글씨에 있어서는 누구보다도 자신 있다고 자부하는 사람 중의 한 사람입니다. 글씨를 감정함에 있어서는 무엇보다도 글씨를 쓸 줄 알아야지요. 그래야만 행획과 운필, 작자, 배자 등을 제대로 살펴 올바른 감정을 할 수 있습니다. 이 사람인人자의 비백을 좀 보십시오. 이렇게 기운이 넘치며 힘찬 필획은 추사만이 만들어 낼 수 있는 것입니다. 또한 봄 춘자春字의 막힘없는 운필과 승련노인이라 관서한 글씨를 보십시오. 물이 흐르듯 유려하지 않습니까? 이런 명백한 추사의 글씨를 앞에 두고 의심을 하다니요."

박교수의 말을 받아 시전 반위소는 항변이라도 하듯 목소리를 높여댔다. 탐매는 감정에 앞서 글씨를 들고 나오는 시전에 할 말이 없었다.

"물론 두 분의 말씀이 옳습니다. 글씨 감정은 글씨를 쓸 줄 아는 사람이라야 제대로 할 수 있지요. 하지만 오랜 세월 고서화 감정에 몸담아 온 사람들도 그에 못지않은 안목을 갖추고 있습니다. 여기 계신 감정가분들이라고 해서 모두 시전선생님처럼 글씨에 일가견이 있다고 보지는 않기 때문입니다."

탐매는 은근히 다른 감정가들의 자존심을 건드려 동조를 얻어내려 했다. 두 사람의 목소리가 워낙 높았기 때문이다.

"맞습니다. 저희들도 선생님처럼 글씨를 잘 쓰지는 못하지만 그래도 어떠한 글씨 작품이든 제대로 된 감정을 내릴 수는 있습니다. 글씨를 쓸 줄 아는 사람만이 제대로 된 감정을 할 수 있다는 말씀은 좀 지나치신 것 같습니다."

평소 시전에 대해 못마땅하게 생각하고 있던 금린당金麟堂의 신사장이 나섰다. 탐매의 반박에 때를 잡은 것이다. 그러자 당황한 것은 시전과 박교수였다.

"그러니 지금 이렇다 저렇다 감정의 결과를 내리기보다는 차라리 판정 보류하는 것이 현명한 일이라고 생각합니다. 좀 더 시일을 두고 연구해가며 살펴보도록 하시지요."

탐매의 말에 이번에도 감정가 몇 사람이 찬동하고 나섰다.

"맞습니다. 추사의 작품이라면 좀 더 신중하게 판정을 해야 합니다. 말 한마디에 수억 원이 왔다 갔다 할 수 있기 때문입니다."

"그렇습니다. 고서화계의 신뢰를 위해서라도 신중해야 할 것입니다."

"지난 번 청전靑田의 위작을 진작으로 발표했던 사건의 파장을 생각해 본다면 두 분의 말씀이 백번 옳습니다. 그로 인한 신뢰의 손상이 컸었으니까요."

분위기는 탐매의 주장을 지지하는 쪽으로 기울어갔다. 그때였다.

"그렇지 않습니다. 이런 중요한 작품의 진위를 빨리 가려내지 못하고 질질 끌면 오히려 의문만을 남겨 오해를 살 여지가 있습니다."

송죽화랑松竹畵廊의 정대표였다. 그는 시전의 제자이자 오른팔이었다. 모든 시선이 그를 향해 모아졌다. 박교수와 시전의 입가에 미소가 피어났다.

"세상은 추사의 새로운 작품에 대한 호기심으로 들끓어 올라 있는데 고서화계의 한다하는 사람들이 모여서는 진위도 가리지 못한 채 우왕좌왕해대고만 있다? 생각해보십시오. 이 작품만이 아니라 모든 감정결과에 대한 신뢰도가 떨어질 것은 뻔한 일입니다. 그러니 길게 끌지 말고 오늘 안으로 진위를 가려 발표하는 것이 좋을 것입니다."

"일리 있는 말입니다. 저도 찬성합니다. 고서화계의 최고 감정위원이라는 사람들이 모인 자리에서 결론을 못 내리고 판정 보류 해버린다면 우리에 대한 신뢰만이 아니라 고서화계 전체에 대한 신뢰가 떨어지는 일입니다. 정대표님의 의견에 동의합니다."

"맞습니다. 진위에 대한 정확한 판정도 중요하지만 신뢰를 지키는 일도 중요합니다. 우리 고서화계에서 가장 중요한 것이 바로 신뢰입니다. 신뢰를 잃는다면 우리가 설 땅이 없습니다."

시전과 박교수를 지지하는 사람들이 너도 나도 들고 일어섰다.

"신뢰란 진위를 정확히 감정해내는데서 생겨나는 것이지 성급한 판정으로 오류를 내는데서 나오는 것이 아닙니다."

"성급한 판정으로 오류를 낸다면 그것은 오히려 신뢰를 회복하기 힘든 지경으로 만들고 말 것입니다."

"누가 판정오류를 한답니까? 정확한 판정을 빠르게 하자는 것이지 아무렇게나 판정을 내리자는 말은 아닙니다."

탐매와 금린당 신사장의 말을 송죽화랑 정대표가 맞받은 것이다.

얼마동안 두 의견을 놓고 치열한 설전이 계속되었다.

하지만 수적으로 우세하고 목소리가 큰 시전과 박교수의 의견으로 분위기가 모아졌다. 그리고 결국 그들의 의견대로 결론이 났다. 탐매는 고개를 가로저었다.

"그래, 결론은 어떻게 되었습니까?"

지환이 궁금하다는 듯 묻자 탐매는 씁쓸히 웃음을 지으며 답했다.

"이미 저들은 진작眞作으로 결론 내놓고 감정을 시작했던 거야. 누군가가 또 거액을 주고 사들였겠지."

"그럼 선생님께서는 보시기에 대인춘풍이 위작이라고 생각하셨습니까?"

지환의 물음에 탐매는 심각한 표정을 지어보였다.

"내가 보기에는 위작이 틀림없어. 관서도 그렇고 도인도 그렇고. 그러니 시전도 박교수도 모두 가짜를 유통시키는 범죄자들이지."

말을 멈추었다가 탐매는 작정한 듯 다시 입을 열었다.

"그런 일에 가담하는 것으로 짐작건대 그들도 보화회 회원일 것이라고 그때 처음 생각했지. 시전이나 박교수나 실력으로 봐서 그게 위작이라는 것을 모를 리 없거든. 그런데도 위작을 진작으로 만들려 끝까지 우겨대는 모습을 보고나니 얼마나 허탈하던지."

탐매는 길게 탄식을 해댔다.

"결국 위작을 보호하려는 모임이 보화회로군요."

지환의 말에 탐매가 고개를 끄덕이며 다시 말을 이었다.

"처음에는 기존에 있던 위작만을 숨기려는 의도에서 보화회가 만들어졌지. 국보급이나 보물급 그리고 고미술계의 권력자들이 소장하고 있는 위작들을 숨기려고 말이야. 그런 것들이 가짜라고 밝혀지는 날에는 엄청난 파장이 일 것을 우려한 게지. 그런데 이제는 대담해져서 위작을 숨기는 것뿐만이 아니라 위작을 만들어서 유통시키는 일로까지 확장을 해버렸어. 그걸 대인춘풍을 통해서 확인을 하게 된 거야."

"그러셨군요. 그렇다면 그 이전에도 그런 일이 있었다는 것을 알고 계셨군요?"

"물론이지. 공공연한 비밀이기도 했어. 금린당의 신사장이 먼저 알고 물어오더라고. 송죽화랑에서 [34]정선의 그림이 나왔는데 이상하다는 거야. 자기가 보기에는 분명 정선의 그림이 아닌데 감정에 참여했던 사람들이 모두 진작으로 결론을 내리더라는 거야. 한둘도 아니고 모두 그렇게 이야기하니깐 자기도 입을 다물 수밖에 없더라는 거야. 괜히 아는 척하고 나섰다가 망신만 당할 것 같더라나. 헌데 돌아서서 가만히 생각해보니 아무래도 위작이 틀림없더래. 정선의 그림에는 신사장이 또 일가견이 있거든. 운필이며 준법이 정선의 것이 아니고 더구나 눈깔까지 박았더라나. 그것도 아무나 알아볼 수 있을 정도로 선명하게 박아났더래. 그래서 대뜸 위작이라는 것을 알 수 있었다고 하더라고. 참다 참다 누구한테 이야기는 못하고 결국 내게 와서 하소연을 하더라고. 귀신에 씌었던 것 같다고 하면서 말이야. 위작이 확실한데도 왜 모두들 진작으로 판정을 내리는지 알 수가 없다는 거야."

지환은 서서히 벗겨지고 있는 고서화계의 현실에 놀라지 않을 수 없었다.

"하지만 결론은 둘 중에 하나거든. 저들이 위작임을 알고도 의도적으로 거짓 감정을 했거나 아니면 감정능력이 형편없다는 거지. 그런데 한 두 사람도 아니고 모두가 감정능력이 그렇게 형편없을 리는 없잖아. 그래도 한다하는 사람들이 모였는데

---

[34] 겸재 정선: 조선 진경산수화의 대가. 금강산도로 유명함.

말이야. 또 누군가는 신사장과 같은 생각을 갖고 있던 사람도 있었을 거라고. 그런데도 없었다는 것은 이미 저들이 함께 짜고 감정에 임했다는 이야기밖에 안 돼. 무언가 불순한 의도가 있었던 게지. 그 이야기를 듣고 알게 되었지."

"선생님, 그런데 왜 그런 자리에 신사장님을 모셨을까요? 자기들끼리 감정을 하면 되지. 문제를 일으킬 소지가 있는 신사장님을 굳이 모셔 올 필요가 있었을까요?"

지환의 물음에 탐매는 손을 내저었다. 모르는 소리 하지 말라는 뜻이었다.

"왜냐면 아까도 말했지만 신사장은 우리 고서화계에서 그림에 대한 감정에 있어서는 일가견이 있는 사람이야. 특히 정선과 장승업의 그림에 있어서는 보증수표나 마찬가지지. 그러니 그런 사람을 감정에 참여시켜야 확실한 효력을 발휘할 수 있지 않겠어."

"아! 그렇군요."

"물론 신사장도 짐작은 하고 왔더라고. 나와 같은 생각을 말이야. 그래서 고민을 많이 했지만 결국은 몸을 사리더라고. 괜히 건드렸다가 안 좋은 일이나 당할까 해서."

"선생님은요?"

"나야 한 번 패한 경험이 있는 놈이 무슨 할 말이 있었겠어. 그 일로 저들이 가짜를 만들어 유통시키고 있다는 것을 알게 되었을 뿐이지."

"그렇다면 저들이 보화회란 이름아래 조직적인 활동을 하고 있다는 얘기로군요?"

"그렇지."

"그렇다면 위작을 만들어 유통시키고 있으니 범죄조직이나 다를 바 없다는 얘긴데?"

"하지만 그걸 위작이라고 판정을 내릴 사람이 없으니 문제지. 저들이 진작이라고 판정을 내리고 나면 그만이라고."

지환은 고개를 끄덕였다.

"그렇군요. 정말 심각한 문제로군요."

"결국은 저들 스스로 이 문제를 해결하도록 만들어야해. 올바른 양심과 사명감으로 감정을 할 수 있도록 말이야."

"그게 가능할까요? 그렇다면 저들은 이미 깊은 수렁 속으로 빠져버리고 만 건데요."

"그렇지. 쉬운 일은 아니지. 이제 와서 자신들의 감정이 모두 잘못된 것이었다고 번복할 수도 없을 테니."

지환은 깊은 탄식을 흘리지 않을 수 없었다. 고서화계의 타락이 넘을 수 없는 벽으로 다가섰기 때문이다.

"교수님, 이번 논문 주제로 조선후기 서화의 진위에 대해서 다루고 싶습니다."

지환은 노골적으로 박찬석 교수에게 물었다.

"그래? 그것도 좋지. 요즘 진위가 불확실한 작품들이 간혹 나오고 있는데 잘 생각했구나."

박찬석 교수는 아무렇지 않다는 듯 고개까지 끄덕이며 동의했다. 지환이 오히려 당황할 지경이었다. 지환의 예상이 보기 좋게 빗나갔기 때문이다. 지환은 자신이 그런 논문을 쓰겠다고 하면 박교수가 놀라 대뜸 손을 들어 말릴 것이라 생각했었다.

"자료도 많이 필요하고, 더구나 그런 것은 탁월한 감정능력이 필요한 건데."

"교수님께서 많이 도와주셔야죠."

"나야 뭐 그럴만한 능력이 돼나. 탐매선생정도라면 모를까. 한 번 부탁드려봐라. 그분 정도라면 충분할 거다."

박교수는 탐매까지 입에 올려가며 지환의 의견에 동조해주었다. 그리고는 덧붙였다.

"난 네가 이번 논문으로 추사와 세한도의 운필運筆 그리고 조선후기 화법畵法의 변화에 대해 썼으면 하고 생각했었지. 그 분야에 대한 논문이 흔치 않거든. 하지만 네 뜻이 그렇다면 그런 대로 해야지 뭐."

"고맙습니다. 교수님, 교수님께서 제 논문까지 챙겨주시고."

"챙기기는, 명색이 지도교순데 그 정도는 해야지. 네가 나를 위해서 수고하는 것에 비하면 뭐 아무것도 아니잖아."

박교수는 빙그레 웃으며 지환을 바라보았다. 지환도 미소로 답했다.

"세한도와 조선후기 화법의 변화에 무슨 연관이라도 있습니까?"

말이 나온 김에 지환은 궁금하다는 듯 물었다.

"음, 추사의 필법이 결국 허련을 거쳐 내려오면서 화법에도 큰 변화가 일었잖아. 물론 운필만을 이야기하는 것이 아니라 서권기문자향이라는 정신적인 측면에서 변화되는 과정을 살펴보라는 이야기지. 많은 사람들이 추사의 필법을 논문으로 발표했고 또 서권기문자향에 대한 논문도 썼지. 하지만 서권기문자향이 운필에 미치는 영향과 그로 인한 조선 후기 화단의 변화를 다룬 논문은 그리 많지 않은 것으로 알고 있어. 더구나 그 분야에서 세밀하게 다룬 것은 흔치 않지. 그러니 네가 그 분야에 대해 연구를 한 번 해 보라는 거지."

박교수는 자신이 추천하려던 주제에 대해서 자세히 설명해 주었다.

"하지만 네가 그런 주제를 정했다니. 이건 다음에 기회가 있을 때 생각해 보고. 우선 네가 정한 주제를 가지고 써봐라. 그것도 아주 좋은 주제니까."

"예, 교수님."

"자료는 준비해 두었니?"

"아뇨. 이제 찾아보려고요."

"논문 발표는 언제쯤 할 예정이야?"

"내년 연말쯤에 할 계획입니다."

"그럼 부지런히 해야겠다. 고서화계의 작품을 다루는 게 그리 쉽지가 않아. 너도 잘 알겠지만 개인 소장이 많고 또 박물관이나 미술관이라도 잘 보여주려고 하질 않아. 더구나 위작의 여지가 있는 작품들은 더 더욱 그렇지. 시원하게 공개를 해주면 좋으련만 어디 그런가. 그래서 그 분야에 대한 논문이 없는 거야. 지금까지 그런 주제로 나온 논문은 내가 아는 한 네가 처음일거다. 그래서 좋은 주제이기도 하고. 나도 옛날에 그런 생각은 했었지만 그런 이유 때문에 포기하고 말았지."

박교수의 말에 지환은 혼란스러웠다. 지도교수인 박찬석 교수가 탐매의 말과는 또 다른 양상을 보이고 있었기 때문이다.

"아무튼 내가 도울 수 있는 일이라면 힘써 도와줄게. 필요하면 언제든지 부탁하고. 또 의문 나는 게 있으면 언제든지 물어보도록 해. 논문은 중간 중간 지도받아가면서 쓰도록 하고."

"예, 알겠습니다. 교수님."

박찬석 교수의 말에 지환은 대답을 하면서도 고개를 갸웃하지 않을 수 없었다.

"국립도서관 고문서실에 가면 참고할 만한 자료가 있을 거야. 거기부터 시작하는 게 좋을 거다. 나도 예전에 박사학위 논문을 쓸 때 거기서 많은 자료를 얻었어. 의외로 알려지지 않은 고문서가 많아. 그래서 참고하기에 좋지."

지환은 그렇잖아도 자료 때문에 고심을 하고 있었는데 박찬석 교수가 국립도서관을 추천해 주자 반갑기 그지없었다.

"아! 그래요. 그러면 거기부터 찾아보아야겠군요."

지환의 환호에 박교수는 빙그레 웃었다.

"참고자료가 제일 중요해. 어떤 참고자료를 쓰느냐에 따라 논문이 달라질 수 있으니까. 잘못된 참고자료를 쓴다면 엉터리 논문이 나올 테고, 좋은 자료를 쓴다면 훌륭한 논문이 나올 수 있지. 거짓된 정보도 많고 또 확실하지 않은 정보를 확정적으로 말하는 책이나 문서들이 허다해. 더구나 옛 그림이나 글씨를 다루는데 있어서는 더욱 그렇잖아. 그걸 얼마나 정확하게 판별해 내느냐에 따라 논문의 가치가 달라지는 거야."

짧지 않은 시간 동안 지환은 박찬석 교수로부터 논문에 대한 지도를 받았다. 그리고 나서야 집으로 돌아갔다.

3

해동화사 海東畫史

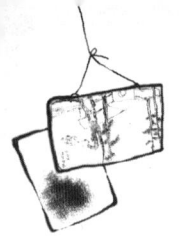

지환은 박찬석 교수가 추천해 준 국립도서관 고문서실에 들어앉았다. 그리고는 먼지가 쌓인 책들을 일일이 들추어가며 참고가 될 만한 책들을 찾기 시작했다. 아직도 정리중인 서가는 지환으로 하여금 머리를 다 어지럽게 했다.

서가의 한 쪽 끝부터 책을 뒤지던 지환은 '해동화사'라는 낡은 책에 눈길이 갔다.

"해동화사라?"

책을 든 지환은 호기심에 책장을 넘겼다.

해동화사海東畫史, 선우량鮮于亮

지환은 처음 보는 해동화사라는 제목과 선우량이라는 이름에 호기심이 갔다. 고미술을 전공하고 있었지만 해동화사라는 제목과 선우량이라는 인물에 대해서는 들어본 적이 없었기 때문이다.

지환은 그 자리에 앉아 책장을 넘기며 찬찬히 살펴보았다.

해동화사라는 책은 조선 말 선우량이라는 중인이 쓴 조선화단에 대한 이야기였다. 추사와 허련, 그리고 [35]벽오시사와 장승업에 대한 이야기로 책은 시작되고 있었다. 지환은 흥미롭게 책을 읽어나가기 시작했다.

책의 중반부를 넘어가자 눈을 번쩍 뜨이게 하는 이야기가 실려 있었다. 지금까지 알려지지 않은 처음 듣는 이야기였다. 추재秋齋 윤증후尹烝厚라는 인물에 대한 이야기였다.

추재 윤증후. 그는 추사秋史 김정희와 이재彛齋 권돈인의 제자였다. 추사와 이재의 호에서 각각 한자씩 따다 호를 삼았다. 추사와 이재의 제자임을 스스로 드러내고자 함이었다.

그는 추사가 제주 유배에서 돌아온 후에 제자가 되었다. 추사가 삼호三湖에서 갈매기를 벗 삼아 유유자적할 때에 거둬들인 제자들 중의 한 명이었던 것이다. 그 중에 그가 열다섯으로 가장 어렸다. 하지만 배움에 있어서는 가장 뛰어났다. 특히 타고난 글씨는 추사가 말년에 거둔 제자들 중에 으뜸이었다.

어린 그는 추사의 사랑을 독차지 했고 이재 권돈인에게도 소개가 되었다. 이재도 그를 보고는 반해 제자로 삼게 된다.

추사는 다시 북청으로 유배를 떠나야 했다. 그리고 일 년 뒤,

---

35 벽오시사: 추사의 제자인 조희룡 유숙 전기 유재소 등이 결성한 시모임.

³⁶해배되어 ³⁷청관산옥靑冠山屋에 자리를 잡았다. 그때부터 추재의 본격적인 공부가 시작된다.

　청관산옥靑冠山屋, 청계산淸溪山과 관악산冠岳山 사이에 있는 띠로 엮은 집이다.
　시원한 바람이 제법 초여름 빛을 띠고 있었다. 추재는 냉금지冷金紙를 앞에 펼쳐둔 채 다소곳이 앉아 있었다. 그 앞에는 준엄한 추사가 눈같이 하얀 수염을 쓰다듬으며 부드러운 미소를 짓고 있었다. 한없이 자애로운 미소였다.
　추사와 추재 사이에는 검푸른 단계연에 검은 먹물이 붓을 기다리고 있었다.
　"글씨도 그림도 마음에 있는 것이니라. 내가 세한도를 그리고자 때를 기다린 것도 다 그런 연유에서였느니라."
　"세한도를 그리고자 때를 기다리다니요?"
　"³⁸동파거사의 언송도偃松圖를 들어보았느냐?"
　추재가 묻는 말에는 대꾸도 없이 또 다시 물었다.
　"아직 들어보지 못했습니다."
　"내가 젊어서 연경에 갔을 때이니라. ³⁹담계선생께서 당신의

36　해배: 유배에서 풀려남.
37　청관산옥: 추사가 말년에 거처한 곳으로 청계산과 관악산 사이에 있는 모옥이라는 뜻.
38　동파거사: 소식. 호는 동파. 송나라의 삼절로 시서화에 모두 능했음.
39　담계 옹방강: 청나라의 학자로 추사의 스승.

[40]석묵서루를 친히 내게 안내하셨었지. 수많은 진적과 명품들이 쌓여있었는데 실로 놀라 입을 다물지 못할 지경이었느니라. 그 중에 동파거사의 언송도 찬문이 있었느니라. 동파거사께서 혜주惠州로 유배를 가셨을 때 어느 날 그의 아들이 찾아왔지. 동파거사께서는 그 먼 길을 찾아온 아들의 기특한 마음에 언송도를 그리게 되었다고 하더구나. 비스듬히 자란 노송이 가지를 드리운 채 한가로운 모옥에 기대어 있는 모습이라고 하는데 아쉽게도 보지는 못했느니라. 그림은 전하지 않고 찬문만 전하는데 찬문에는 그렇게 쓰여 있더구나. 나는 그 찬문을 보기만 했는데도 그림을 눈앞에 둔 듯 선하게 떠오르더구나. 그때의 심회가 어찌나 강렬하고 선명하던지 내 평생 머릿속에서 그 장면이 떠나지를 않았느니라. 나는 그때 보지 못한 언송도를 그려보고자 마음을 먹었지만 도저히 그런 그림을 그려 낼 수가 없었느니라."

"어찌 그러신 것인지요?"

추재의 물음에 추사는 빙그레 웃음을 지으며 답했다.

"그것은 나의 마음이 동파거사의 그 마음과 같지를 않았기 때문이니라."

"마음이 같지 않다니요?"

"한가로운 이 몸이 어찌 동파거사의 그 시련을 알 수 있었겠느냐. 동파거사의 언송도는 모진 시련 속에서만이 피어날 수 있

---

[40] 석묵서루: 담계 옹방강의 서재로 서화가 8만 점이나 보관되어 있었다 함.

는 그러한 그림이었느니라. 그러한 시련이 무엇인지 알지 못하던 당시의 나로서는 아무리 붓을 들고 심회를 끌어올리려 해도 소용이 없었던 것이니라. 그래서 이것이 글씨든 그림이든 마음이 중요한 이유이니라."

그제야 추재는 고개를 끄덕이며 추사의 말을 이해했다.

"결국 그 언송도는 대정현에 가 있는 동안 그리게 되었느니라."

"그것이 [41]우선藕船 어르신께 드린 세한도로군요?"

"그러하니라."

추사는 지그시 눈을 감은 채 회상에 잠겼다.

때는 무더위가 기승을 부리던 한여름이었다. 추사는 긴 유배생활로 몸과 마음이 극도로 지쳐 있었다. 기다리던 해배소식은 감감했고 그로 인한 마음고생이 이만저만이 아니었던 것이다.

'이제나 저제나 기다리는 해배소식은 오지 않고 몸과 마음이 이리도 괴로우니 더 이상 어찌 버텨낼 것인지 실로 눈앞이 막막하기만 하구나.'

추사는 손바닥만한 모옥의 방안에서 뜨겁게 달구어진 한여름 날 바깥풍경을 내다보고 있었다. 바라만 보고 있어도 땀이 절로 흘러내릴 지경이었다. 달구어진 검은 돌담과 거무스레한

---

[41] 우선 이상적: 추사의 제자. 역관 출신으로 추사에게 많은 도움을 줘 추사가 세한도를 그려 줌.

밭둑에서 연신 피어오르고 있는 열기가 가만히 앉아있는 추사의 몸에서도 절로 땀을 흘러내리게 했던 것이다.

온갖 질병으로 괴로운 추사에게 연일 훅훅 쪄대는 모옥의 열기는 그야말로 [42]화탕지옥에 앉아있는 것이나 진배없었다.

"이 괴로움을 이겨낼 방도로 그래도 나에게 검은 먹과 붓이 있으니 그래도 불행 중 다행이로다."

추사는 아픈 몸을 이끌고 붓을 들었다. 작은 모옥에 갇혀 있는 초라한 신세라 해도 글씨를 쓰고 그림을 그릴 수 있는 낙이 있었으니 추사에게는 이것이 있어 괴로운 세월을 이겨낼 수 있는 유일한 즐거움이었다.

이미 추사의 글씨는 유배를 떠나기 전과 크게 달라져 있었다. 추사만의 독특한 글씨체를 완성해가고 있었던 것이다.

추사는 눈을 지그시 감고 생각에 잠겼다.

'무엇을 쓸 것인가?'

흘러내리는 땀으로 삼베옷이 축축하니 젖어들고 있었다. 등과 겨드랑이로 비 오듯 땀이 흘러내리고 있었던 것이다. 그때 문득 추사의 머릿속에 제자 우선 이상적이 떠올랐다. 지난해에는 [43]만학집晩學集과 [44]대운산방문고大雲山房文藁를 보내왔었다. 그리고 얼마 전에는 또 다시 [45]황조경세문편皇朝經世文編을 보내

---

[42] 화탕지옥: 불교에서 말하는 지옥의 한 종류. 불과 끓는 기름 솥으로 죄를 다스린다 함.
[43] 만학집: 계복의 문집.
[44] 대운산방문고: 운경(惲敬)의 문집. 운경은 양호(陽湖)의 문인.
[45] 황조경세문편: 하장령과 위원이 청나라 학자들의 글 가운데 실용적인 글만 뽑아 엮은 책.

왔다.

 모두가 바다 건너 멀리 유배되어 있는 자신을 잊고 있을 때 그만은 잊지 않고 있었다. 스승에 대한 의리를 저버리지 않고 있었던 것이다.

 '우선의 마음이 이리도 갸륵하니 내 그를 위해 마땅히 붓을 들리라.'

 고맙고 기특한 제자를 위해 자신이 할 수 있는 것이라고는 붓을 들어 그를 위해 글을 쓰고 그림을 그리는 것뿐이라 생각한 추사는 곧 종이를 펼쳐놓았다. 그리고는 또 다시 눈을 감고 생각에 잠겨들었다. 그때였다. 추운 겨울 날 만났던 동파거사의 언송도가 문득 떠올랐다.

 '언송도라? 그렇지. 동파거사의 언송도가 바로 이러한 것이리라. 모진 시련 속에 피어났던 동파거사의 언송도가 바로 이러한 것이었으리라.'

 추사는 눈을 번쩍 떴다. 가는 봉의 눈에서 날카로운 빛이 튀어 올랐다. 마치 번개가 치듯 강렬하고 매서운 눈빛이었다.

 '동파거사의 시련이 이 추사의 것과 겹쳐지니 그를 따라 시련을 이겨내는 소나무로 나의 마음을 전하리라.'

 추사는 붓을 들기 전 다시 생각했다. 모진 시련에 갇힌 그에게 있어 [46]서수필과 냉금지는 호사였다. 그런 재료로 혹독한 마음을 드러내기에는 너무나도 어울리지 않았던 것이다. 추사는

---

[46] 서수필: 쥐 수염으로 만든 고급 붓

펼쳐놓은 냉금지를 접었다. 그리고는 서안書案 곁에 놓여있던 다른 종이를 집어 들었다. 그림을 그리다 남은 거친 종이였다.

추사는 먼저 우선에게 보내는 서신을 적어 내려갔다.

'우선 보시게나. 혹독한 세월은 어찌 이다지도 더디단 말인가? 세상은 어찌 돌아가는지 궁금하네. 이재는 잘 있는지 궁금하고 초의는 다녀간 지 한참인데 소식도 없다네. 다만 소치만이 간간이 들러 소식을 전하니 답답하고 울울한 마음에 그래도 작은 마음의 빛이 되어주고 있다네. 연경에는 잘 다녀왔는가? 먼 길을 그렇게 이웃집 드나들듯 하는 자네를 보면 기특하기도 하고 또 안쓰럽기도 하네. 그러나 무엇보다도 내 자네가 기특하고 갸륵한 것은 유배된 이 몸을 세상이 거들떠보지도 않는데 자네만은 홀로 변함없이 죄지은 몸을 버리지 않으니 어찌 가상타 하지 않을 수 있겠는가? 고맙고 또 고마운 일이네. 지난해에는 만학과 대운 두 편을 보내주어 심심치 않게 세월을 보낼 수 있었다네. 그런데 올해 또다시 문편을 보내왔으니 이 추사는 자네로 인하여 혹독한 시절을 그나마 즐겁게 보내고 있다네. 몸까지 병들어 눈은 침침하고 허리는 굽히기도 힘들어 마루를 오르내리기도 힘든 지경이라네. 게다가 살갗은 알 수 없는 피부병으로 괴롭지만 그래도 자네의 정성이 있어 나를 견디게 하고 있다네. 세상인심이라는 것이 힘 있고 이익이 있는 곳으로 손을 뻗는 것이 당연한 것이거늘 자네는 그러지 아니하고 스승과 제자라는

의리에 최선을 다하고 있으니 이는 마땅히 세상 사람들에게 널리 알려야 할 값진 것일세.'

추사는 허리를 펴 심호흡을 한 번 하고는 잠시 쉬었다가 다시 붓을 움직였다.

'내 자네를 생각하며 옛적에 추운 겨울날 석묵서루에서 보았던 언송도를 떠올렸다네. 자네의 정성이 동파거사의 혹독한 시련을 떠올리게 한 게지. 내 그동안 동파거사의 마음을 흉내 내 언송도를 그려내려 했으나 심회心懷가 일지 않아 못 그렸는데 자네의 정성을 대하고 나니 문득 마음이 일었다네. 그만큼 자네의 정성이 고맙고 또 고마운 것이라네. 혹독한 섬 안에 갇힌 몸이 자네를 위해 할 수 있는 일이 무엇이 있겠는가? 다만 붓을 들어 나의 진실한 마음을 전하고 못다 한 동파거사의 심회를 살려내는 일이 아니겠는가? 자네의 정성에 감복하여 세한의 세월을 이겨낸 소나무를 그려 보내니 부디 감상해 보시게나. 먼 바다 건너에서 우선을 생각하며 추사 씀.'

우선에게 보내는 서신을 쓴 추사는 붓을 내려놓았다. 그리고는 잠시 생각에 잠겼다.

'옛적에 [47]안진경顏眞卿은 쌀을 얻기 위해 걸미첩乞米帖을 썼다. 세상에 다시없을 화려한 그의 글씨건만 그는 쌀을 구걸하기 위해 초라하고도 궁핍한 글씨체로 자신을 낮췄다. 화려한 글씨로 구걸을 한다면 과연 누가 쌀을 보태줄 것인가?'

생각이 이에 이르자 추사는 곁에 놓여있던 작은 종이를 집어들었다. 쓰다 남은 종이였다. 추사는 남은 종이를 이어 붙였다. 모두 세 조각이었다. 거칠고 쓰다 남은 종이를 이어붙인 종이는 과연 혹독한 시련을 이겨내고 있는 추사의 처량하고도 궁핍한 신세와도 닮아 있었다. 추사의 입가에 비로소 흡족한 미소가 번졌다.

"쓰다 남은 종이를 이어 붙여 나의 심회를 드러낸다면 분명 세상 사람들은 이 추사의 마음을 알아주리라. 아프고도 시린 이 마음을 알아주리라. 또한 이 추사가 죽지 않고 살아있음도 알아주리라."

추사는 붓을 든 채 잠시 화제를 생각했다. 그리고는 허리를 굽혀 정성껏 글씨를 써갔다.

세한도 우선시상 완당歲寒圖 藕船是賞 阮堂
혹독한 세한을 그린 그림이니
우선은 감상해 보시게나

---

[47] 안진경: 당나라 때의 명필. 그의 글씨체를 안진경체라 함.

예서기를 가득 머금은 서체로 화제와 관서를 마친 추사는 허리를 폈다. 그리고는 다시 붓을 들었다. 이번에는 갈필이었다. 평소와 달리 메마른 갈필을 든 것이다. 이 또한 추사의 거칠고 황량한 마음을 드러내고자 함이었다. 거친 갈필은 혹독한 시련을 표현하기에 적절했기 때문이다.

추사는 갈필을 움직여 거친 선을 그려냈다. 굵은 둥치의 소나무가 살아나고 작은 소나무와 잣나무 두 그루도 살아났다. 그리고 소박한 띠집도 세워졌다. 구불구불 살아난 소나무는 인고의 세월을 이겨낸 세한의 소나무였다. 곧은 소나무와 잣나무는 굽히지 않는 추사의 마음이었다. 소박하고 단출한 띠집 역시 추사의 혹독한 상황이자 담백한 마음이었다. 추사의 입가에 힘이 주어졌다.

"이것은 동파거사의 언송도를 되살려낸 것이다. 이것을 되살리기 위해 나는 수십 년을 기다려왔다. 비로소 심회를 일으켜 동파거사의 길을 따라가니 이는 이 추사의 혹독한 시절과 우선의 아름다운 정성이 있었기에 가능한 일이었다."

추사는 중얼거리며 자신의 세한도를 내려다보았다. 과연 혹독한 세한의 추위를 이겨내고 있는 소나무와 잣나무는 세상에 다시없을 지조와 절개를 간직하고 있었다. 거기에 초라한 띠집은 추사의 고난과 시련을 이겨내는 상황을 잘 드러내고 있었다.

추사는 다시 종이를 들었다. 그리고는 방금 그려낸 세한도의 크기에 맞춰 잘라냈다. 발문跋文을 쓰기 위함이었다. 종이를 잘

라낸 추사는 방안을 치고 세한도에 이어 붙였다.

추사는 다시 서수필을 들었다. 묵지에서 검은 먹물을 듬뿍 찍어낸 추사는 심호흡을 하고는 다시 허리를 굽혔다. 그리고는 세한도를 그린 연유와 우선에 대한 고마움을 발문으로 써 내려가기 시작했다.

'지난해에는 만학집과 대운산방문고를 보내오더니 올해는 또 다시 황조경세문편을 보내왔다. 이것은 세상에 흔한 일이 아니다. 천만리 멀고도 먼 곳에서 여러 해에 걸쳐 어렵게 구하고 얻었을 것이기에 더욱 그러하다. 세상인심이라는 것이 권세와 이익을 따르기 마련인데 어렵게 구한 것을 그러한 곳에 보내지 아니하고 멀리 바다 밖 초라한 늙은이에게 보내 마치 세상 사람들이 권세와 이익을 따르는 것과 같이 하였으니 어찌 가상하다 하지 않을 수 있겠는가? 옛적에 [48]태사공太史公이 말하기를 "권세와 이익으로 모인 자들은 그 권세와 이익이 다하면 반드시 흩어진다." 하였는데 그대 또한 세상사람 중의 하나이면서 홀로 그 밖에 서 있으니 권세와 이익으로 나를 대하지 않음인가? 아니면 태사공의 말이 잘못 된 것이란 말인가? 공자께서 말씀하시기를 "날이 추워진 후에라야 소나무와 잣나무가 시들지 않음을 알 수 있다." 하셨다. 소나무와 잣나무는 사시사철 시들지 않는 나무로서 추운 겨울 이전에도 푸르렀고 추운 겨울 이후에도 푸

---

[48] 태사공: 사마천. 사기를 저술.

르렀지만 공자께서는 특히 추운 겨울 이후의 것을 칭찬하셨다. 이는 그대가 나를 대함에 있어 바다를 건너기 전에 더 잘 한 것도 없었지만 바다를 건넌 이후에도 더 못한 것이 없었던 것과 마찬가지이다. 바다를 건너기 이전의 잘함은 칭찬받을 만한 것이 못되지만 바다를 건넌 이후의 것은 마땅히 성인으로부터 칭찬받을 만한 것이로다. 이렇게 성인께서 칭찬하심은 시들지 않는 절개 때문만이 아니라 세한의 시절에 느끼는 바가 있었기 때문일 것이다. 아! 전한前漢의 순수하고 인심 좋았던 때, [49]급암汲黯과 [50]정당시鄭當時 같이 어진사람들에게조차도 세력의 여부에 따라 빈객들이 달리 모였으며 하규의 [51]적공翟公이 대문 앞에 방을 써 붙인 것도 세상인심이 때에 따라 박절하게 변함을 탓하는 것이리라. 아! 슬프다. 완당노인이 쓰다.'

발문은 해서체로 보기 드물게 잘 쓴 글씨였다. 마치 쇳조각을 오려낸 듯 날카로웠다. 그런가하면 수려하고 맑았으며 깨끗했다. 추사 글씨 중에 최고로 손꼽힐 만 한 명작이었다.

추사는 허리를 편 채 자신이 방금 써내려간 발문을 내려다보았다. 입가에 흡족한 미소가 어렸다. 땀으로 흥건히 젖은 베적

---

[49] 급암: 한나라 무제 때의 신하로 거침없이 충간(忠諫)을 한 구경(九卿)의 한 사람.
[50] 정당시: 한나라 무제 때의 인물로 청렴하며 행동이 깨끗하여 인재를 천거하기를 좋아했음.
[51] 적공: 한나라 때 인물로 정위(廷尉)를 지낸 하규 사람. 빈객이 늘 문 앞에 많았으나 그가 벼슬에서 물러나자 그렇지 않음을 한탄했다함.

삼이 마치 물에 담갔다 꺼낸 듯 했다. 얼굴도 땀으로 범벅이었으며 붓을 잡은 손도 축축이 젖어 있었다.

"우선의 정성이 나의 붓을 감동시켜 뜨거운 여름에 추운 겨울을 불러냈도다. 세한의 소나무와 잣나무를 불러냈도다. 이! 그의 정성에 비하면 이까짓 그림 한 장이 별것이겠느냐마는 그래도 이것으로서나마 그의 깊은 마음에 보답해보고자 하노라."

추사는 고개를 끄덕이고는 붓을 내려놓았다. 한여름에 한기寒氣를 느끼게 하는 그림과 강인한 글씨가 추사의 굽히지 않을 마음을 그대로 잘 드러내고 있었다. 혹독한 세한의 시절과 변치 않는 우선의 정성을 잘 표현하고 있었던 것이다.

"세한도는 그렇게 태어난 것이니라. 우선의 정성과 변치 않는 마음으로 인해 나의 붓을 통해 그렇게 세상에 나오게 된 것이니라. 그러니 마음이 중요하다 하지 않겠느냐, 이제 알겠느냐?"

추재는 고개를 끄덕이며 스승의 말에 답했다.

"예, 알겠습니다. 마음이 중요한 이유를 제자는 이제야 알겠습니다."

이어 궁금하다는 듯 다시 물었다.

"그 뒤 세한도는 어떻게 되었는지요?"

"세한도는 인편人便으로 도성都城에 있던 우선에게 전해졌느니라. 그리고 우선이 연경에 가는 길에 가져가 [52]청유淸儒 십칠 인의 제題와 찬讚을 받아왔지. 당대 최고의 학자들이 다투어 제 와 찬을 써 보냈더구나."

추재는 한없이 존경어린 눈빛으로 추사를 올려다보았다. 그런 추재를 추사는 기특하다는 듯 바라보았다.

"부디 마음을 다하도록 하여라. 글씨든 그림이든 마음으로 정성을 다하지 않으면 소용이 없느니라. 정신이 빠진 그림에서 무엇을 볼 것이며 그것이 빠진 글씨에서 무슨 가치를 찾겠느냐. 오로지 마음이니라."

"그럼 그런 마음을 갖추기 위해서는 어찌 해야 하는지요?"

추재의 물음에 추사는 다시 한 번 준엄한 얼굴로 입을 열었다.

"그것이 바로 서권기문자향書卷氣文字香이니라. 내가 늘 말하던 것이 아니더냐. 붓을 잡는 사람은 항상 책의 기운과 문자의 향기를 갖추고 있어야만 하느니라. 많은 책을 읽어 머리와 가슴 속에 맑은 책의 기운과 문자의 향기를 가득 채워 넣어야지. 그러기 위해서는 수많은 책을 읽고 많은 글을 써 부끄럽지 않게 해야 한다. 내 평생 벼루 열개를 구멍 내고 붓 천 자루를 몽당붓으로 만들었던 이유가 바로 그러한 것 때문이었느니라. 서권기문자향을 얻고자 함이었지."

추사의 말에 추재는 고개를 끄덕였다. 나이는 비록 어렸지만 총명한 추재는 스승 추사의 말을 잘 알아들었다. 한 마디도 빼

---

[52] 청유: 청나라 학자.

놓지 않고 알아들었던 것이다.

"내 늦은 제자들 중에 석파石坡와 네가 출중하나 나와의 만남이 좀 늦은 것이 그저 안타깝기만 하구나. 좀 더 일찍 세상에 나와, 나와 만났더라면 더 많은 것을 주고받을 수 있었을 텐데."

추사의 한탄에 추재가 답했다.

"어리석은 제자가 생각하기에는 가장 깨끗한 시절에 스승님을 뵌 것이 오히려 제게는 커다란 행운이 아닌가 생각합니다."

추재의 말에 추사가 빙그레 웃었다.

"어째 그러하냐?"

"사람의 정신은 어려서 가장 맑고 깨끗하여 모든 것을 순수하게 받아들일 수 있다 하지 않으셨습니까?"

추사는 흥미를 넘어 기대감마저 일었다.

"그랬지."

"그러니 스승님의 가르침을 가장 순수하게 받아들일 수 있을 것이니 어찌 그렇다 하지 않을 수 있겠습니까?"

"네 말을 듣고 보니 그도 그렇구나. 나에게서 글씨와 난을 배운 사람들 중에 그래도 석파와 네가 나의 글씨와 난을 가장 가깝게 쓰고 쳐내니 네 말이 맞긴 맞구나."

추사는 말을 마치고는 껄껄 웃었다. 유쾌한 웃음소리가 청관산옥 담장을 넘어갔다.

"자! 오늘은 네 그림을 감상해보자꾸나."

"예, 스승님."

3_해동화사 海東畵史

추사의 말에 추재는 공손히 답하고는 자리를 잡았다. 붓을 들고 허리를 굽혔던 것이다. 추재는 묵지에 붓을 담가 진한 먹물을 듬뿍 먹였다. 그리고는 심호흡을 한 번 들이키고는 거침없이 붓을 휘둘렀다. 검은 산이 솟구치고 언덕이 살아나며 나무가 일어섰다.

이른 아침 안개가 휘도는 산 아래 계곡에는 맑은 물이 흐르고 봄을 재촉하는 매화가 피어났다. 검은 산 흰 안개에 어울리는 붉은 매화였다. 붉은 꽃술은 화폭의 중심을 향해 시선을 모으게 하는 장치였다.

추재는 심호흡을 들이키며 허리를 폈다. 잠시 붓을 들어 구도를 살피고자 함이었다. 추사의 얼굴에는 흡족한 미소가 피어났다.

"소치小癡의 필력에는 아직 미치지 못하나 네 배움의 세월을 생각한다면 오히려 네가 더 뛰어난 편이로구나."

"지나치신 칭찬이십니다. 스승님."

"아니다. 이는 빈말로 하는 것이 아니다. 마저 그려보도록 하여라."

"예."

추재는 다시 붓을 들었다. 이어 이른 아침 깊은 계곡에 긴 수염의 신선이 들어섰다. 계곡을 따라 오르며 매화를 찾고 있는 신선이었다. 이른 봄 매화를 찾아 나선 신선도. 이른바 탐매도探梅圖였다. 신선은 반가운 매화를 찾아 맑은 물을 따라 오르고,

피어나는 안개는 검은 산을 휘돌았다. 신비로운 화폭은 붉은 꽃술을 정점으로 신선이 거니는 길을 따라 시선을 유도하고 있었다. 화폭의 아래, 계곡 밑에서부터 매화가 피어난 깊은 산 아래까지 그림을 감상하는 이의 시선을 절로 움직이게 했던 것이다.

추재는 허리를 편 후 다시 붓을 움직였다. 화제를 쓰고자 함이었다. 화폭의 오른쪽 상단에 붓을 댄 추재는 거침없이 붓을 휘둘렀다.

심곡탐매深谷探梅
깊은 계곡에서 매화를 찾다

네 글자를 예서로 써내려갔다. 그림과 글씨가 조화를 이루며 운치를 더해주었다. 추사의 입가에 한없는 미소가 피어났다.

"너의 성취가 나의 마음을 한량없이 기쁘게 하는구나."

"스승님의 기쁨에 제자도 즐겁기만 합니다."

"그림도 그림이지만 심곡탐매 네 글자는 나의 글씨와 견주어도 손색이 없으니 누가 보면 내가 쓴 줄 알겠구나."

"지나치십니다. 어찌 제자의 모자란 글씨가 스승님의 글씨에 미치기나 하겠습니까?"

"아니다. 운필하며 작자, 배자까지 나는 이런 글씨를 쓴 적이 없거늘 네 그림에 나의 글씨가 있으니 이 어찌 된 일이란 말이

더냐."

추사는 이렇게 제자를 가르치는 기쁨으로 한가로운 나날을 보냈다. 긴 유배생활과 혹독한 시련을 이겨낸 뒤의 노년의 삶을 달관의 경지로 이끌었던 것이다.

추사는 자연을 노래하고 소소한 일상을 그리며 글씨를 쓰고 난을 쳤다. 이때 쓴 글씨가 바로 대팽두부大烹豆腐 대련對聯과 시골길 봄날을 거닐며 등이다.

이제 권력을 얻고자 몸부림치던 일들이 얼마나 쓸데없는 짓이었던 가도 깨닫게 되었다. 나이 듦의 노숙함이 절로 드러나게 되었던 것이다.

이때 싸리담장 너머로 희끗한 그림자가 어른거렸다.

"누가 찾아왔나 봅니다."

추재가 사립을 바라보며 먼저 입을 열었다. 사립 너머로 늦은 산꽃이 청계산 자락을 하얗게 수놓고 있었다.

"지나는 객客이 한두 사람이더냐."

추사의 말이 끝나기 무섭게 희끗한 그림자는 사립 앞에 멈추어 서 사람을 불렀다.

"계십니까? 스승님, 석파이옵니다."

반가운 목소리에 추사는 자리를 벌떡 일어섰다.

"석파가?"

추재는 부리나케 달려 나갔다. 그리고는 사립을 열어젖혔다.

"어서 오십시오."

추재는 사립을 열고는 공손히 옆으로 비켜서 인사를 올렸다. 석파는 느긋한 걸음으로 들어서서 한없이 존경어린 눈빛으로 대청마루에 서 있는 추사를 향해 허리를 굽혔다.

"스승님, 석파가 인사 올립니다."

석파의 공손함에 추사도 함께 허리를 굽혔다.

"어서 오십시오. 이 누추한 곳까지 어찌 어려운 걸음을 하셨습니까? 그저 부르시기만 하면 될 것을."

석파는 황송하다는 듯 손까지 내저으며 섬돌에 올라섰다.

"어찌 그럴 수 있답니까? 제자가 스승님을 부른다는 말은 들어보지 못했습니다. 그런 말씀 마십시오."

"아무튼 어서 올라오세요."

추사는 손아래 석파였지만 예의를 다해 맞았다. 그가 비록 파락호破落戶라는 소리를 들으며 손가락질을 당하고 있었지만 그래도 엄연히 왕실의 피를 이은 왕족이었다. 더구나 추사는 석파가 왜 스스로 파락호와 같은 행동을 하는지도 잘 알고 있었다. 그렇게라도 하지 않으면 때를 기다릴 수 없었기 때문이다. 이는 석파가 언젠가는 세상을 호령할 사람이라는 것을 추사가 잘 알고 있었다는 뜻이기도 했다.

"험난한 곳에서 얼마나 노고가 크셨습니까? 진즉에 찾아뵈었어야 하는데 이제야 뵙게 되었습니다."

추사는 석파의 손을 맞잡고 고개를 끄덕였다.

"염려주신 덕분에 그럭저럭 지낼 수 있었습니다. [53]침계枕溪도 있었고 [54]요선堯僊도 있었고 유배라기보다는 그저 한가한 유람이었습니다."

석파의 눈가에 눈물이 살짝 고였다. 스승의 말에 너무나도 가슴이 아팠기 때문이다.

"보내주신 도움으로 늙은 몸이 호사를 하다 왔습니다그려."

추사는 석파의 눈물에 미소로 답했다.

"앉으십시오. 예서 바라보는 청계산의 초여름 풍경이 제법 그럴 듯합니다."

추사의 권유에 석파는 그제야 손을 놓고 청관산옥 대청마루를 내려다보았다. 서안이 놓여있고 서안 위에는 방금 읽다 만 책이 놓여 있었다. 그리고 그 앞에는 먹물이 채 마르지 않은 추재의 심곡탐매도深谷探梅圖가 놓여 있었다. 추재는 섬돌 아래에 공손히 서 있었다.

"인사 올리도록 하여라. 홍선군 대감이시니라."

추사의 말에 추재는 공손히 허리를 굽혔다.

"[55]달준이라 하옵니다."

"노년에 거둔 제자입니다. 처음 먹동이로 삼았으나 이제 제법 손끝이 익어 글씨는 물론 그림에도 소질을 갖추고 있습

---

[53] 침계 윤정현: 추사의 지인으로 북청 유배시에 많은 도움을 줌.
[54] 요선 유치전: 북청 유배시절 추사의 제자.
[55] 달준: 추사의 불이선란에 등장하는 추사의 먹동이.

니다."

"이것이 저 사람이 그린 그림입니까?"

석파는 놀란 눈으로 심곡탐매도와 추재를 번갈아보았다. 추재는 황송해 머리를 조아렸다.

"저 나이에 벌써 이런 그림을 그려낼 수 있다니 그저 놀라울 따름입니다."

석파는 부러움과 놀라움으로 고개를 흔들어댔다.

"앉으시지요."

추사가 흐뭇한 미소를 머금으며 다시 한 번 권하자 그제야 석파는 자리에 앉았다. 자리에 앉아서도 석파는 심곡탐매도에서 눈을 떼지 못했다.

"이 그림을 내게 줄 수 있겠는가?"

석파는 조심스레 추재에게 물었다. 추사는 빙그레 웃었다.

"달준이의 그림에 혹하셨나 봅니다."

"예."

추재는 황송해 머리를 조아렸다.

"대감께서 소인의 그림을 간직해 주신다면 소인에게는 그저 영광입지요."

석파는 미소를 지으며 고개를 끄덕였다.

"그럼 고맙게 받겠네."

석파는 다시 고개를 돌려 추사를 바라보았다.

"저 사람이 신분은 천하나 스승님을 한 스승으로 모셨으니 제게는 동문입니다. 올라와 함께 자리함이 마땅치 않을는지요?"

"그리하시지요."

추사는 답하고 추재를 불렀다.

"올라와 앉도록 하여라."

추재는 그저 황송하기만 했다. 왕족인 흥선군과 함께 자리를 한다니 꿈에도 생각해 보지 못한 호사였다.

"소인은 여기가 괜찮습니다요."

추재의 목소리는 가늘게 떨리기까지 했다.

"아닐세. 자네가 신분은 천하나 한 스승을 모시고 있으니 나와는 사형사제지간이 아닌가? 너무 그리할 것 없네. 올라와 앉도록 하게."

석파의 거듭된 권유에 추재도 더 이상 사양하지 않았다. 조심스레 대청마루로 올라섰다. 그리고는 마루 끝에 공손히 자리했다.

"과연 예서 바라보는 청계산의 풍치가 맑고도 깨끗하기 그지없습니다. 초여름 풍경의 아름다움을 깊이 맛볼 수 있는 곳이 아닌가 합니다."

석파의 말을 추사가 맞받았다.

"그러합니다. 초여름뿐만이 아니라 사시사철 아름다운데 그중에서도 이즈음의 풍광이 특히 뛰어나답니다. 대감께서 오시니 더욱 맑고 깨끗한 모습을 드러내고 있는 것 같습니다."

추사의 말에 석파가 빙그레 미소를 지었다. 하지만 얼굴에는 깊은 근심이 어려 있었다.

"무슨 일이 있으신지요?"

추사는 소심스레 물었다.

"일이라기보다는 세상이 어지러우니 어찌 얼굴색이 밝을 수 있겠습니까?"

그제야 추사도 짧게 탄식을 쏟아냈다.

"때가 곧 도래할 것입니다. 하늘이 보고 있지 않습니까? 저들이 무도하다하나 전하께서 곧 빛을 되찾으시면 대감께 손을 내미실 것입니다."

추사의 위로에 석파가 참았던 울분을 터뜨렸다.

"저 무도한 [56]김문근이 국구國舅를 빙자하여 전권을 쥐고 날뛰니 세상은 삼정의 문란으로 피폐해지고 백성들은 고통에서 헤어나지를 못하고 있습니다. 이는 어지신 전하를 욕보이는 것은 물론 사직을 능멸하는 것입니다. 어찌 분한 마음을 참고만 있을 수 있겠습니까?"

"목소리가 크십니다. 청관산옥이 외딴 곳이기는 하나 누가 듣기라도 하면 어쩌려고 그러십니까? 이 추사도 그리 생각하고 있으며 또 저들의 만행에 분한 마음을 금치 못하고 있습니다. 하오나 세상인심이라는 것이 분한 마음으로 모두 해결되는 것은 아닙니다."

---

[56] 김문근: 조선후기 문신으로 안동김씨 세도의 중심인물.

"그럼 어찌해야 할까요? 스승님."

석파는 진심으로 추사에게 물었다.

"섣부른 종기는 잘못 건드리면 오히려 성해지는 법입니다. 저들의 무도함이 극에 달하면 세상인심은 저절로 들고 일어날 것입니다. 듣기로 지방에서 백성들이 동요하고 있다고 들었습니다."

"그렇습니다. 전라도 전주와 경상도 진주에서 민란民亂의 조짐이 있다고 합니다."

"그것 보십시오. 세상인심이 이제 움직이기 시작하면 저들은 스스로 물러나거나 아니면 끌려 내려올 수밖에 없습니다. 이제 곧 때가 올 것입니다. 조금만 더 참고 기다리십시오. 그것만이 대감께서 하실 일입니다. 듣기로 장안에서 대감을 일컬어 상가 집개니 파락호니 한다 들었습니다."

추사의 말에 석파는 길게 탄식을 터뜨렸다.

"부끄러워하지 마십시오. 부끄러움이란 그 진실을 모르는 사람들에게나 필요한 것입니다. 이 추사는 대감의 현명하심을 잘 알고 있습니다. 저들의 서슬을 피해 때를 기다리시는 현명한 분이라는 것을 말입니다. 잘 하고 계십니다. [57]한왕韓王이 어디 두려워 저잣거리에서 가랑이 사이를 기었겠습니까?"

석파는 자신의 처지를 알아주는 스승이 고마웠다. 진실로 고마웠다.

---

[57] 한왕: 한신. 한고조 유방을 도와 천하를 통일함.

"문제는 저 민란이 사직을 위험에 빠뜨리지 않을까하는 것입니다."

석파의 염려에 추사가 답했다.

"백성들이 그리 어리석지는 않습니다. 어지신 전하를 백성들도 잘 알고 있습니다. 어찌 그런 일로까지 번지기야 하겠습니까?"

"그렇다면 다행이지요."

말을 마친 석파는 정신을 놓고 있었다는 듯 무릎을 쳐댔다.

"이런! 스승님을 뵈러 온 까닭도 잊은 채 그만 엉뚱한 이야기로 시간을 보내고 말았습니다."

석파의 호들갑에 추사도 궁금하다는 듯 눈을 크게 떴다.

"그래 무엇입니까?"

"지난 번 스승님의 난맹첩蘭盟帖을 받고 부지런히 익혔습니다. 그래 이번에 난을 쳤는데 스승님께 보여 품평을 받고자 합니다."

"오! 그러십니까? 어디 보십시다."

석파는 공손히 가져온 난을 펼쳤다. 추사의 눈이 크게 떠졌다. 추재도 목을 길게 빼고는 석파의 난을 감상했다.

"과연 난에 있어서는 저도 손을 들 지경입니다. 압록강 동쪽에 이만한 난은 결코 없습니다. 이는 제가 아는 분의 면전이라서 그냥 하는 소리가 아닙니다."

추사는 석파의 난을 보고 감탄했다.

"어디 그렇기야 하겠습니까? 스승님께서 너무 겸양해 하시는 말씀 같습니다."

석파는 추사의 말에 손을 내저었다.

"아닙니다. 절대 그냥 하는 소리가 아닙니다. 이 [58]삼전법과 난의 구도며 꽃잎의 맑음을 보십시오. 누가 보아도 저와 같은 말을 할 것입니다."

멀리서 석파의 난을 보고 있던 추재도 놀라기는 마찬가지였다.

"자네도 이리 가까이 와서 자세히 보고 품평을 좀 해주게나."

석파는 추재를 가까이 불렀다. 추사도 고개를 끄덕였다. 그렇게 하라는 뜻이었다. 추재는 무릎걸음으로 조심스럽게 다가갔다. 가까이서 보니 더욱 놀라울 지경이었다. 추재는 스승인 추사의 난을 많이 보고 흉내 냈지만 도저히 따를 수가 없었다. 추사만큼 좋은 난을 쳐내기가 어려웠던 것이다. 그런데 석파의 난은 자기가 흉내 낼 수 없었던 스승의 난을 닮아 있었다. 꼭 빼 닮아 있었다. 추재는 은근히 부러움과 시기가 솟구쳐 올랐다.

거친 바위와 그 바위를 비집고 핀 난 꽃은 한없이 맑고 깨끗하기만 했다. 청아한 향기가 하얀 종이에서 피어오르는 것만 같았다. 곧게 뻗는가 하면 부드럽게 휘어진 잎과 흐린 꽃잎에 선명한 꽃술이 보는 이의 눈을 아리게 했다. 혼탁한 세상, 거친 바위를 비집고 올라선 난은 세상 풍파를 이겨낸 홍선군 자신을 닮

---

[58] 삼전법: 난 잎을 그리는 방법으로 붓을 세 번 굴려 변화를 가하는 기법.

아 있었다.

"삼전의 묘가 살아있으니 난이 갖추어야 할 것을 모두 갖춘 셈입니다. 꽃의 형태나 먹의 농담도 나무랄 데 없으니 더 무엇을 말하겠습니까? 그렇지 않느냐?"

추사는 난을 품평하며 추재에게도 동의를 구했다.

"제가 어떻게 감히 말씀을 드릴 수 있겠습니까? 진정 훌륭한 난이옵니다. 다만 제가 이렇게 쳐낼 수 없다는 것에 대해 그저 안타까울 뿐입니다. 저도 난을 치기 위해 스승님의 난을 수없이 보고 또 보았으며 흉내까지 내어보았지만 그 만분지일에도 미치지 못해 실망 또 실망한 적이 여러 번 이었사옵니다. 하온데 오늘 이 난을 보고 마음에 상처가 더욱 깊어지니 이를 어찌하면 좋단 말입니까?"

추재의 말에 추사는 호탕하게 웃었고 석파도 흡족한 웃음을 머금었다.

"진정 그러한가?"

"그러하다 뿐이겠사옵니까?"

추재의 진심어린 대답에 석파는 더욱 흡족해했다.

"자네의 그림 실력에 그리 말해 주니 다행일세. 그러나 지나친 칭찬인 듯싶어 염려스럽기도 하네."

"그렇지 않사옵니다. 스승님께서도 그리 말씀하시지 않으셨사옵니까? 스승님께서도 그리 보셨는데 모자란 제가 어찌 감히 다른 말을 할 수 있겠사옵니까?"

"오늘 난을 보여드리고 모자란 점을 배워볼까 했는데 이런 상찬의 말만 듣고 가게 되었으니 이를 어찌하면 좋단 말입니까?"

석파는 너털웃음으로 추사를 바라보았다.

"그렇지 않습니다. 대감의 난은 모자란 곳이 없어 고칠 곳이 없습니다. 더 손을 대었다가는 오히려 망치고 말 것입니다. 완벽 그대로입니다."

추사는 석파의 난을 진정으로 아꼈다. 그가 보기에 더 이상 완벽한 난은 없었다. 자신의 난보다도 더 뛰어나다 한 말은 진심으로 한 말이었다.

"대감의 난이 뛰어난 것은 혹독한 시련을 이겨내고 피어난 것이기에 더욱 그렇습니다. 무도한 안동김문의 세파를 견디며 모진 바람과 시련을 이겨내고 있으니 그 지조와 기상이 가상타 하지 않을 수 없습니다. 비바람을 모르며 방안에서 자란 난은 그저 잘 기른 화초에 불과할 뿐입니다. 자고로 난이란 바람 부는 언덕에서 비바람과 눈보라를 이겨내고 추위와 더위를 견디며 스스로 그러하게 피어낸 것이라야 그 가치를 인정받을 수 있는 것입니다. 하온데 대감의 난은 그러한 조건을 모두 갖추고 있으니 거기에 무엇을 더 덧붙이겠습니까?"

"과분한 상찬에 이 석파는 그저 부끄러울 따름입니다."

석파는 고개를 숙여 겸양을 드러냈고 추사는 흡족한 미소를 머금었다. 곁에 있던 추재는 존경의 눈빛으로 이들을 바라보앉다.

추사가 이토록 석파의 난을 칭찬한 것은 그의 처지가 자신과 닮아 있었기에 그랬다. 권력으로부터 소외되어있던 추사는 왕실로부터 거리를 두어야 했던 석파와 같은 처지였다. 이들을 권력으로부터 소외시키고 왕실로부터 거리를 두게 한 원인은 안동김문이었다. 때문에 이들은 안동김문이라는 공통의 적을 둔 동지이기도 했다. 그러한 일체감이 스승과 제자를 넘어 더욱 가깝고 친밀하게 엮어주었던 것이다.

청계산의 초록빛 여름이 싱그럽게 익어가고 있었다. 맑은 꾀꼬리 소리가 파란 하늘에 경쾌하게 울려 퍼지는 더없이 좋은 날이었다.

석파가 다녀가고 사흘이 지난 후, 추사는 문득 벗인 이재 권돈인이 그리워졌다.

"이재 대감은 잘 있는지 궁금하구나."

추사의 얼굴에 어두운 그림자가 어렸다. 벗에 대한 그리움과 염려 때문이었다.

"지난번 서신을 보니 몸이 좋지 않은 듯 했는데 지금은 어떠한지."

추사는 말을 다 잇지 못했다. 혹독한 현실에 대한 분노와 안타까움이 짙게 배어있었다.

"스승님, 서신을 쓰시지요. 제가 다녀오겠습니다. 스승님께서 어찌 지내시는지도 보고 안부도 전해 올리겠습니다."

추재의 말에 추사의 얼굴이 밝아졌다.

"그리해주겠느냐? 네가 그 먼 곳까지 다녀올 수 있겠느냐?"

추사는 내심 추재가 그리해 주기를 바라고 있었다. 추재는 그런 스승의 마음을 알고 자청했던 것이다.

"낭천狼川이라야 에서 얼마 되겠습니까? 북청北靑보다는 가까운걸요."

추재의 호기에 추사도 비로소 유쾌하게 껄껄 웃었다.

"그래, 네가 벌써 그리 자랐구나. 대견하다. 내 서신을 몇 자 적어 줄 테니 그럼 다녀오도록 하여라."

"예, 스승님."

"쓸 동안 너는 떠날 채비를 하여라."

추재는 조용히 물러나 짐을 챙겼고 추사는 곧 [59]단계연을 끌어당겼다. 추사는 단계연이 아니면 먹을 갈지 않았고 서수필이 아니면 붓을 들지 않았다. 고급 문방구가 아니면 글씨나 그림에 손도 대지 않았던 것이다. 곤궁한 생활에도 이런 고급 문방구를 떨어뜨리지 않고 쓸 수 있었던 것은 그를 따르는 많은 제자들이 있었기에 가능한 일이었다. 연경을 드나들던 우선 이상적을 비롯해 홍선군, 소치 허련, 침계 윤정현 등이 뒤에서 돕고 있었던 것이다. 명품을 고집하던 추사는 그런 자신에 대해 늘 이렇게 말했다.

---

59 단계연: 중국 단계지방에서 나는 최고급 벼루

"글씨를 잘 쓰는 사람은 붓을 가리지 않는다는 말이 있다. 그러나 이는 틀린 말이다. 좋은 글씨를 쓰고 좋은 그림을 그리는 데 있어 어찌 붓이 중요하지 않겠는가? 이는 모르는 사람들이 하는 말이로다. 좋은 종이라야 먹을 잘 받아들이고 좋은 붓이라야 용필用筆이 자유로우며 좋은 먹이라야 제대로 된 빛깔을 내는 법이다. 이 중에 하나라도 어긋난다면 아무리 훌륭한 명필이라도 흠이 있을 수밖에 없다. 그러니 단계연, 서수필을 고집하지 않을 수 없는 것이다."

추사의 말은 그냥 하는 말이 아니었다. 명품을 고집하는 만큼 명작을 쓰고 그려냈기 때문이다.

추사는 서수필을 들어 벗을 위한 위로의 말을 적어 내려갔다.

'벗 이재대감께.

멀고 낯선 땅에서 몸은 어떠하신지요? 지난 번 서신을 보고 얼마나 마음 졸였는지 모른답니다. 아직도 그대로이신가요? 궁금하고 답답한 마음에 혼자서 애태우다 다행히 달준이가 다녀오겠다기에 붓을 들었습니다. 청계산 신록은 한창이고 노란 꾀꼬리 소리 아름다운데 벗의 고통과 시련에 제 가슴에는 아직도 엄동설한이랍니다. 눈은 여름을 재촉하고 살갗은 땀을 내보내지만 마음이 엄동설한이니 어찌 여름이 왔다하여 그것이 여름일 수 있겠습니까? 그저 답답하고 마음 아플 뿐입니다. 성군께서는 아직도 검은 구름에 휩싸여 앞을 보지 못하시니 세상에 정의가 살아있다는 것도 모두 헛소리인가 합니다. 그래도 내일이라는 것이 있기에 힘을 얻어 붓을 들어봅니다. 대감께서도 힘을 내십시오. 좋은 날은 반드시 찾아올 것입니다.

힘든 중에도 붓은 놓지 않으셨겠지요? 제게 있어 먼 바다에서 구년이라는 긴 세월을 이겨내게 해준 것이 바로 붓과 벼루였습니다. 대감께서도 그리하시고 계시리라 믿습니다. 항간에 간찰체[60]라는 것이 널리 쓰인다 들었습니다. 그러나 저는 한 번도 간찰체를 쓰거나 익히려 한 적이 없습니다. 일부 알지 못하는 승려들이 간찰체를 운운하며 쓰고 있다는데 이는 조선 글씨의 커다란 병폐가 되고 있습니다. 옛날에도 없었고 지금도 있어서는 안 되는 글씨 쓰는 법이기 때문입니다. 저는 칠십 평생에 벼루 열 개를 구멍 내고 붓 천 자루를 몽당붓으로 만들었습니다. 이는 자랑하기 위한 말이 아니라 저의 끊임없는 노력을 이야기하고자 함입니다. 그리해야만 왕희지나 구양순의 경지는 아니더라도 붓을 들어 글씨를 쓸 줄 안다는 말을 할 수 있을 것이기 때문입니다. 그런데 간찰체는 그저 쉽게 쓰기 위해 법식을 제멋대로 파괴하고 작자(作字)를 변형시켜대니 이는 게으른 자들과 글씨를 알지 못하는 자들이 감히 아는 척, 잘난 척 나대기 위해 그러는 것입니다. 실로 눈뜨고 보지 못할 광경입니다. 아무튼 대감께서도 이런 병폐에 주의하시어 붓을 드시기 바랍니다. 대감의 안위가 염려되어 붓을 들었으나 또 넋두리만 늘어놓고 말았

---

[60] 간찰체: 편지를 쓸 때 쓰는 필체.

습니다. 평생을 붓을 들어 함께 했는데 그 버릇이 어디 가겠습니까? 붓을 놓고 잠시 웃어봅니다.

낭천狼川의 여름은 유난히 덥다고 들었습니다. 조심하시고 달준이가 가거든 소식 전해주십시오.

추신: 지난 번 [61]초의가 해남의 차를 보내왔습니다. 달준이 편에 보내오니 맑은 다향으로 고된 마음을 녹여보시기 바랍니다. 청관산옥에서 추사 씀.'

추사는 붓을 놓고 추재를 불렀다.

"지난 번 초의선사께서 보내온 차도 함께 준비하도록 해라. 힘든 벗에게 보내 맑은 다향으로 지친 몸과 마음을 다스리라 일렀구나."

"예, 스승님."

추재는 추사가 즐기던 해남 땅의 찻잎까지 준비했다.

"참 좋은 시절이로구나!"

추재는 추사의 탄식에서 회한을 읽어 낼 수 있었다.

"너는 욕심 없는 태생이니 자연을 닮을 수 있겠구나."

"무슨 말씀이신지요?"

"타고난 신분에 너무 얽매이지 말거라. 나는 쓸데없는 양반으로 태어나 평생을 허비하고 말았느니라. 그까짓 벼슬이 무엇인지 그것을 잡기 위해 애를 쓰다가 그만 온갖 수모와 시련을

---

[61] 초의: 초의 의순. 해남 대둔사 일지암에 머물며 추사와 교유. 차에 조예가 깊음.

3_해동화사 海東畵史

다 겪고 말았느니라. 너는 그럴 필요도 없으니 얼마든지 자연을 벗 삼고 유유자적 할 수 있을 것이니라. 차라리 양반으로 태어나느니 그것이 더 나으리라."

추사의 한탄에 추재가 나섰다.

"스승님, 그래도 스승님께서는 천하의 글씨를 창안해 내셨으니 그 고통과 시련에도 커다란 의미가 있을 것입니다."

"그렇게 생각한다면 그도 또한 그렇다만 그것이 어디 짧은 인생에 대한 보답이 되겠느냐?"

"보답이라니요? 인생이란 어떤 보답을 위한 길에 있지 않다 하셨지 않습니까?"

"그랬지. 인생이란 저잣거리 삶과 달라서 꼭 이것에 대한 이것을, 저것에 대한 저것을 따져서는 안 되지. 하지만 얻은 것도 없이 이렇게 허무하게 늙고 말았으니 너무 억울하지 않으냐."

추사는 탄식을 터트렸다.

"제게 지금 이 자리의 소중함을 깨우쳐주신 분이 바로 스승님이십니다. 어찌 그리 약해지셨습니까?"

추사는 추재를 똑바로 쳐다보았다.

"그래, 그랬구나. 내 네 앞에서 너무 망령된 짓을 일삼고 말았구나. 이제 나도 늙었나보다."

추사는 말을 마치고는 허탈하게 웃고 말았다.

"먼 길 네가 고생이 많겠구나."

"스승님을 뵐 생각을 하니 멀게도 느껴지지 않습니다."

"그래, 뵙거든 며칠간 머무르며 모시다 오거라."

"예, 스승님."

추재는 이재 권돈인 대감을 만나러 간다는 사실에 가슴이 설레었다. 이재 권돈인도 추재의 스승이었던 것이다.

추재는 추사의 서신을 깊숙이 갈무리해 넣었다. 그리고는 공손히 인사를 올리고 청관산옥을 나섰다.

추사는 떠나는 추재를 따라 청관산옥의 사립까지 나와 배웅을 했다. 추재에 대한 대견함과 벗에 대한 그리움이 절로 따라 나서게 했던 것이다.

"조심하여라."

추사는 떠나는 추재를 향해 손을 흔들었다. 어린 제자에 대한 깊은 사랑의 표시였다. 추재는 다시 한 번 깊숙이 고개 숙여 인사하고는 낭천을 향해 발걸음을 옮겨놓았다.

맑은 하늘과 초록빛으로 물든 청계산이 더없이 싱그러웠다. 며칠 전 내린 비로 물도 맑았다. 반짝이는 물비늘이 눈을 부셔댔다. 추재는 스승에 대한 그리움에 발걸음을 서둘렀다. 탄천炭川을 지나 한강漢江에 다다라 물길을 따라 올라갔다. 낭천으로 가고자 함이었다.

송파나루에 이르러서는 잠시 장 구경을 했다. 팔도에서 올라온 온갖 산물로 넘쳐나는 송파장은 이름만큼이나 풍요로웠다. 세곡은 물론 목재와 약초를 비롯해 각 지방의 특산물로 넘쳐나고 있었다.

　송파장은 한양의 길목에 위치한데다 한강이라는 교통의 요지가 만들어낸 최고의 시장 중 하나였다.

　객주들의 분주한 발걸음과 장사치들의 외침으로 시장은 생기가 넘쳐나고 있었다. 사람 사는 맛이 나는 곳이었다. 추재는 걸음을 멈추고 잠시 나루를 둘러보았다.

　마포에서 내려온 새우젓 배와 여주에서 올라온 미곡선으로 나루는 북새통을 이루고 있었다. 쌀을 구하고 새우젓을 사려는 사람들로 넘쳐났다. 새우젓과 쌀을 맞바꾸는 모습도 보였다. 여주 배는 새우젓을, 마포 배는 이천 쌀을 맞바꾸고 있었던 것이다.

　장사치들의 거래모습을 지켜보고 있던 추재는 좋은 생각을 떠올렸다. 여주에서 올라온 배를 얻어 탈 수 있다면 두물머리까지는 쉽게 갈 수 있으리라 생각했던 것이다. 거래가 한산해지기를 기다리며 이곳저곳을 둘러보았다.

　난전은 그야말로 어지럽고도 흥겨운 세상이었다. 장사치들이 손님을 부르는 소리와 값을 흥정하는 소리로 귀가 다 따가울 지경이었다. 조금이라도 더 값을 받아내려는 장사치들과 조금이라도 더 싸게 사려는 사람들로부터 추재는 진정 사람 사는 세상을 보기도 했다. 모든 사람들이 각자 자기 위치한 자리에서 저리들 열심히 살아가고 있으니 세상은 분명 더 좋아질 것이라 생각이 들기도 했다.

검게 그을린 얼굴과 헤진 옷의 보상(褓商)과 부상(負商)들의 초라한 모습에서는 백성들의 고단한 삶을 엿보기도 했다. 하지만 그들의 입가에 웃음은 살아있었다. 희망의 불씨가 아직은 그래도 살아있었던 것이다.

송파장을 천천히 구경한 추재는 다시 나루에 섰다. 그리고는 여주로 떠나는 배를 물색했다. 얻어 타야 하기에 눈치를 보며 기웃거려야 했다. 때마침 쌀을 내리고 나루를 떠나려는 배를 찾았다. 추재는 다급히 손을 들어 부탁했다.

"저, 두물머리까지 태워 주실 수 있겠습니까?"

추재의 부탁에 마음씨 좋게 생긴 객주가 고개를 끄덕였다.

"그리 하시게. 두물머리에는 무슨 일로 가시려는 겐가? 보아하니 장사치는 아닌 듯한데."

"예, 낭천엘 가려고 합니다."

추재의 낭천이라는 말에 객주는 의외라는 듯 다시 물었다.

"낭천엔 무슨 일로? 게는 험한 곳인데."

추재는 사실대로 말했다.

"이재 권돈인대감을 뵈러 가는 중입니다."

이재 권돈인이라는 말에 객주는 놀란 얼굴을 했다.

"이재 대감을 뵈러가다니, 보아하니 양반은 아닌 듯한데."

"예, 서신을 전해드리러 가는 중입니다."

그제야 객주는 알았다는 듯 고개를 끄덕였다.

황포돛배는 바람을 안고 물 위를 미끄러져 나갔다. 송파나루를 떠나 한강 위로 들어선 것이다. 객주는 사공을 재촉해댔다.

"초하루까지는 여주에 도착해야 하네. 그래야 물품을 싣고 다시 마포까지 갈 수 있을 게야. 심객주와 약조가 되어 있으니 서두르게."

"예, 나리."

사공은 객주의 재촉에 더욱 부지런을 떨어댔다. 추재는 다행이라 생각했다. 걸어서 사나흘이 걸릴 먼 길을 힘들이지 않고 갈 수 있었기 때문이다.

"누가 보내는 서신인가?"

객주는 궁금하다는 듯 은근히 물어왔다. 추재는 망설이다 입을 열었다.

"추사 어르신의 서신입니다."

"병조참판을 지내신 추사 말인가?"

"예."

"두 분 다 안동김문에 밀려난 분들이로구먼."

객주는 짧은 탄식을 뱉어냈다. 객주의 탄식에 추재는 말없이 서있었다.

"세상이 아무리 어두워도 백성들의 눈은 속일 수가 없어. 언젠가는 그 분들이 세상을 바로 세울 날이 올 걸세. 삼정의 문란이 점점 더 심해져가고 있으니 백성들의 삶은 피폐해져만 가고 거리를 떠도는 아이들의 숫자도 늘어만 가고 있네. 자네도 다녀보면 알겠지만 시골길에 떠도는 백성들이 얼마나 많은지 아는가? 도성과는 딴판이지. 인심도 흉흉해지고 있어. 한양도 머지 않아 그럴 것이네. 그때가 되어야 정신을 차려 바로 설라나 모르겠네."

객주의 말에 추재는 비로소 한양 밖의 현실을 알 수 있었다. 그리고 스승인 추사와 이재가 세상에 인심을 잃지 않고 있다는 것도 알게 되었다. 가슴이 뿌듯해지는 순간이었다.

"추사께서는 이 조선팔도는 물론 저 대륙과 왜에서도 알아주는 명필이 아니시던가? 듣기로 그 분의 글씨 한 점을 얻기 위해 대륙의 사람들과 왜인들이 국경이 닳도록 넘나든다고 하더군. 그런 분을 곁에서 모시고 있는 자네는 그야말로 복이 넘치는 사람일세 그려. 나도 그분을 뵙고는 싶으나 나 같은 장사치가 어찌 그런 분을 뵐 수나 있겠는가? 그저 본분을 지키며 내 할일에 충실하며 살아갈 뿐이지."

객주의 말에 추재는 다시 한 번 스승에 대한 자긍심이 솟구쳤다. 추사라는 이름이 그토록 크고 아름답게만 여겨졌던 것이다.

"참으로 훌륭한 분이시지요. 글씨는 천하의 글씨요 인품은 대쪽과 같으시니 그 분의 곁에서는 늘 책의 기운과 문자의 향기가 풍겨나고 있답니다. 제가 모시는 분이라서가 아니라 정말로 훌륭한 분이십니다."

추재의 말에 객주도 고개를 끄덕였다. 객주는 끊임없이 추사와 세상에 대한 이야기로 추재를 심심치 않게 해주었다.

늦은 저녁이 되어서야 배는 두물머리에 다다랐고 추재는 감사의 말을 건넸다.

"이처럼 편히 오리라고는 생각도 못했습니다. 어르신의 배려에 그저 감사할 따름입니다."

"낭천에 들렀다가 내려가는 길에 혹여 다시 만날지도 모르니 그때 만나면 다시 보도록 하세나. 우리는 여주에서 쌀을 싣고 마포에 갔다가 다음 달 하순에 다시 송파나 마포로 갈 예정이네. 인연이 있으면 또 만나겠지."

객주는 사람 좋은 웃음으로 추재에게 작별을 전했다.

"감사합니다. 먼 물길에 몸조심하십시오."

추재는 다시 한 번 고개를 숙여 감사의 말을 전하고는 나루를 떠났다. 늦은 저녁인데도 황포돛배는 물길을 멈추지 않았다. 횃불을 밝혀들고는 강을 거슬러 올라갔던 것이다.

추재는 두물머리에서 묵고 아침 일찍 낭천으로 향했다.

초여름 산천은 아름다웠다.

물을 따라 걸으며 추재는 싱그러운 자연을 만끽했다. 튀어 오르는 은어 떼와 초록빛으로 물든 산하가 더없이 상쾌하기만 했다. 발걸음도 가벼웠다.

부지런히 걸음을 재촉한 추재는 마침내 이재 권돈인이 유배되어 있는 낭천에 도착했다.

이재의 앞에 선 추재는 엎드려 큰절을 올렸다.

"스승님, 이 멀고도 험한 땅에서 어찌 지내셨는지요?"

눈앞의 추재에 이재는 믿기지 않는다는 표정이었다.

"네가 예까지 어떻게 왔느냐, 어찌 왔더란 말이냐?"

"스승님께서 이처럼 고난에 처하셨는데 어찌 제자가 편히 지낼 수 있겠습니까?"

추재의 말에 이재는 기특하다는 듯 손을 내밀어 추재를 일으켜 세웠다.

"일어서거라. 고생이 많았겠구나!"

추재는 그제야 이재의 얼굴을 자세히 살펴보았다. 주름진 얼굴과 흰 수염 그리고 헝클어진 머리카락이 스승의 고생을 알만했다. 평소 단정하기로 이름났던 스승이 이처럼 초라하고 초췌한 모습으로 지내고 있다는 것이 유배생활의 어려움을 단적으로 말해주고 있었다. 추재는 가슴이 아려왔다. 저절로 눈물이 주르륵 흘러내렸다.

"괜찮다. 이쯤이야 대수이겠느냐. 네 스승이신 추사께서는 무려 구년이 넘게 고생을 하고 돌아오지 않았더냐. 곧 좋은 소식이 올 것이다."

이재는 추재의 어깨를 두드리며 달랬다.

"그래도 다행인 것이 유배생활이 그리 곽곽하지만은 않다는 것이다. 집밖을 벗어나 자유로이 거닐 수도 있고 사람을 만나는 것도 어지간히 허용되고 있으니 이만하면 지낼만하지 않더냐."

이재는 웃음까지 지어보였다.

그제야 추재는 스승이 머무는 초옥을 둘러보았다. 마당도 깨끗하고 지붕은 새로 이엉을 얹은 듯 산뜻했다. 지내기에는 불편함이 없어보였다. 불행 중 다행이라 하지 않을 수 없었다. 이재의 말을 확인한 추재는 그제야 마음이 다소간 놓였다.

"추사 스승님께서 스승님께 서신을 보내셨습니다."

추재는 작은 보퉁이를 풀어 서신을 꺼냈다.

"이걸 전하려 네가 그 고생을 했구나."

이재는 알고 있었다는 듯 다시 한 번 추재의 고생을 다독였다.

서신을 받아든 이재는 천천히 읽어 내려갔다. 실로 오랜만에 대하는 벗의 글씨였다. 추사의 글씨는 더욱 높은 경지에 다다라 있었다. 추재는 이재가 서신을 읽는 사이 공손히 서서 기다렸다.

"한 줄 소식을 전하기 위한 네 마음의 갸륵함이 이 이재로 하여금 기쁘게 하는구나. 그래 들어가자."

이재는 추재를 이끌어 초옥으로 들었다.

시원한 바람이 몰아들고 있는 초옥의 마루에 올라선 스승과 제자는 높고 험한 앞산을 마주하고 앉았다. 여름날 정취가 듬뿍 묻어나는 한가로운 오후였다.

"그래 추사는 어찌 지내시느냐?"

이재는 추사의 안부를 묻는 것으로 제자와의 이야기를 시작했다.

"난을 치고 글씨를 쓰시며 제자 분들과 교유하는 낙으로 지내시고 계십니다. 마음은 차분한듯 하시지만 여전히 세상에 대한 걱정으로 밤잠을 못 이루시는 때가 많습니다."

"그렇겠지."

이재는 보지 않아도 알 수 있다는 듯 고개를 끄덕였다.

"제가 청관산옥을 떠나기 전에는 흥선군대감께서 찾아오셨었습니다."

"흥선군께서?"

"예. 난을 품평 받고자 찾아오셨지만 마음은 다른 데 있는 것 같았습니다."

"다른 곳이라니?"

"세상에 대한 울분을 토로하기 위함 같은 것 말입니다."

추재의 말에 그제야 이재는 고개를 끄덕였다.

"흥선군께서도 그러실 게야. 암 그렇고 말고. 더구나 그 분은 왕실의 인척이니 더 더욱 답답하실 게야."

추재는 이어 낭천에 오는 사이 객주에게서 들은 말과 자신의 눈으로 확인한 백성들의 비루한 삶을 털어놓았다.

"객주의 말이 맞는 것 같습니다. 이제 밝은 날이 멀지 않은 것 같습니다."

"그럴 게다. 우선 이 유배지를 보거라. 제대로 된 세상이라면 어찌 나 같은 중죄인이라는 사람을 이렇게 허술하게 다루겠느냐? 말이 유배지, 세월 좋은 사람의 유람에 불과하다. 지키는 포졸은 물론 감독관도 있는 지 없는지 모를 지경이니 저들의 기강이 해이해졌음은 물론 힘이 미치지 못하고 있다는 것을 말해주고 있는 것이 아니더냐. 그런 권력이 얼마나 버티겠느냐. 현명하신 임금께서 곧 바른 눈을 뜨실 게다."

스승의 밝은 모습에 추재는 마음이 놓였다. 그동안 지나친 걱정에 마음까지 졸였는데 그것이 쓸데없는 짓이었다는 것을 깨닫게 되었던 것이다.

"추사의 글씨가 더욱 정진한 것을 보니 이 몸이 부끄럽기만 하구나. 추사는 바다 건너에 유배되어 있으면서도 새로운 경지를 열었는데 이 이재는 부끄럽게도 아무런 변함이 없으니."

이재는 말을 마치고는 붓을 들었다.

"멀리 찾아온 너를 위해 써 보이겠노라."

묵지墨池에서 검은 먹물을 듬뿍 찍은 이재는 곧 붓을 휘둘렀다.

'추사에게 우선이 있듯 이 이재에게는 추재가 있노라. 먼 길을 마다않고 찾아와 주었으니 그 마음이 기특하고 갸륵하여 붓을 들어 그를 칭찬하노라. 스승에 대한 마음 씀씀이가 깊어 세상 어디에 내놔도 부끄럽지 않은 제자이니 이 또한 이 이재의 복이로다.

푸른 솔이 칭송받는 것은 그 푸름을 늘 잃지 않기 때문이며

붉은 매화가 사랑받는 것은 혹한의 그 시절을 변함없이 홀로 이겨내기 때문이다.

세상은 변하건만 푸른 솔과 붉은 매화는 여전히 푸르고 붉은 빛으로 사람들을 깨우치니

솔과 매화가 변함이 없듯 세상도 그렇게 변함이 없기를 바라노라.

추재는 그 변함이 없는 나의 애제자로다.

지난 날 우선과 소치가 추사에게 그랬듯이 추재도 그러하니 이는 힘겨운 내 낭천시절에 자랑으로 삼을 만한 것이로다.

추재가 보는 앞에서 이재가 낭천에서 쓰다.'

이재의 글을 본 추재는 감격에 겨웠다. 자신을 우선이나 소치에 비하는 것도 그렇지만 단 한 번 유배지를 찾아 온 자신을 그렇게까지 칭찬해주니 오히려 부끄러워 얼굴을 들지 못할 지경이었다.

"스승님, 어찌 그런 상찬을 주십니까? 제자는 부끄러워 고개를 들 수가 없습니다. 더구나 우선이나 소치 대사형과 비하시니 어찌 감당할 수 있겠습니까? 제자는 이제야 겨우 스승님을 찾아뵈었을 뿐입니다."

이재는 미소를 지으며 추재의 말에 답했다.

"아니다. 그건 모르는 사람들이 하는 말이다. 어찌 정성에 있어 횟수가 중요하랴. 마음을 다하였다면 그것으로 족한 것이니라."

추재는 스승의 말에 멀고도 험난했던 길의 피로가 단번에 풀리는 듯 했다.

"스승님의 글씨가 추사스승님의 글씨와 분간이 되질 않습니다. 스승님께서는 아무것도 하신 일이 없다고 하시나 제자가 뵙기에 이곳에서 큰 성취를 이루신 것 같습니다."

"아니다. 아직 멀었느니라. 어찌 추사의 글씨에 비하겠느냐."

"아닙니다. 이는 스승님의 앞이라서 드리는 말씀이 아닙니다. 행획과 작자와 배자 모두 추사 스승님의 글씨와 흡사하여 제자가 분간할 수 없을 정도입니다."

추재의 거듭되는 말에 이재는 흐뭇한 미소를 지으며 고개를 끄덕였다.

"내 이곳에 안치되어 할 일이 무엇이 있겠느냐? 추사가 대정현에 안치되어 추사만의 글씨를 만들어냈듯이 나도 이곳에 안치되어 나만의 글씨는 못될망정 추사의 글씨를 흉내 내고자 부단히 애를 썼느니라. 해서 이런 글씨를 쓰게 되었다만 이것이 추사의 것과 같은지는 나도 모르겠다. 오랜만에 추사의 서신을 받아보고 실망한 것은 이제 겨우 추사를 따라잡았다 생각했는데 추사는 또 다시 저만큼이나 멀리 앞서있다는 것이구나. 하늘은 역시 추사를 최고의 명필로 낳은 것이 틀림없는 모양이로구나."

이재의 말에 추재가 다시 나섰다.

"스승님의 글씨 또한 뛰어난 것입니다. 추사스승님의 글씨는 추사스승님의 글씨대로 또 스승님의 글씨는 스승님의 글씨대로 그 맛과 멋이 있습니다."

추재의 말에 이재는 호기심과 기특함이 함께 하는 얼굴로 물었다.

"그래? 그 맛과 멋이라는 것이 무엇이더냐?"

"추사스승님의 글씨가 강한 힘과 자유로운 운필이 막힘이 없어 마치 용이 구름을 뚫고 솟아오르는 듯한 기운이 느껴진다면 스승님의 글씨는 화사한 봄날 모란꽃을 대하듯 부드러운 가운데 봉황이 오동나무에 내려앉듯 사뿐하기만 합니다."

추재의 말에 이재는 껄껄 웃었다.

"용과 봉황에 비유하여 나를 추사에 비하다니 내가 그런 말을 들어도 될지 모르겠구나. 누가 듣는다면 아마 크게 웃으리라."

"아닙니다, 스승님. 어찌 제자가 스승님 앞에서 없는 말을 입에 올리겠습니까?"

추재의 말에 이재는 다시 한 번 껄껄 웃음을 터뜨렸다.

"알았다. 그렇다고 하자꾸나."

추재는 낭천에 머물며 스승인 이재를 정성껏 모셨다. 물과 산으로 둘러싸인 첩첩산중에서 마음을 다하여 스승을 모시며 글씨를 익혔던 것이다. 추재의 글씨는 추사와 이재를 넘나들며 두 스승의 글씨를 닮아갔다.

"스승님, 낭천의 여름이 점점 깊어지고 있습니다. 짙푸른 앞산의 운치가 좋으니 붓을 들어 그를 화폭에 옮겨보고자 합니다."

"그래, 네 그림솜씨 좀 보자꾸나."

글씨를 쓰던 추재는 붓을 들어 낭천의 여름을 화폭에 살려내기 시작했다.

 높고 푸른 산이 검게 솟아났다. 한 줄기 가는 길에는 노승이 홀로 길을 가고 있다. 산 고개를 넘는 돌길은 짙푸른 여름에 더욱 외롭기만 했다. 하늘을 이고 나는 새마저 외로워보였다. 까마득한 계곡 아래로 떨어져 내리는 한 줄기 폭포가 더운 여름을 시원하게 해주었다. 이재는 고개를 끄덕이며 추재의 그림 속으로 빠져들었다.

 "네 그림을 보고 있으니 굳이 저 산을 오르지 않아도 되겠구나."
 "과찬이십니다. 앞산을 보고 심회를 살리려 했으나 심히 부족하기만 합니다."

 추재는 이어 계곡의 물과 나무를 살려냈다. 우당탕탕 요란스레 쏟아져 내리는 물과 척척 늘어진 가지를 그려내고 하얀 바위와 푸른 소나무도 살려냈다. 실로 선경仙境을 종이 위에 살려낸 것이다. 이재는 더위를 잊은 듯 미동도 하지 않았다. 추재는 다시 붓을 들어 화제를 써내려갔다.

낭천고산도狼川孤山圖
낭천의 외로운 산을 그리다

 "너의 붓질이 선묘의 경지에 다다랐구나. 글씨는 추사를 닮았고 그림은 소치에 버금가니 너의 성취가 대단하구나. 네 비록 신분은 천하나 그 얻음에 있어서는 어느 사대부 자제에 못지않구나."

이재의 칭찬에 추재는 고개를 가로저었다.

"아닙니다. 멀었습니다. 이제 겨우 먹을 조금 알 뿐입니다. 스승님의 글씨에 비하면 아직도 멀었습니다."

말을 마친 추재는 정중히 자리를 고쳐 앉은 후 다시 입을 열었다.

"스승님, 글씨는 어떻게 해야 하는지요? 스승님께 가르침을 받고자 합니다."

추재의 진지한 물음에 이재는 웃음부터 흘려냈다.

"허허, 이런 글씨를 써내고도 그런 소리를 하느냐? 너의 글씨라면 이제 너의 심회心懷만이 네 스승이 될 수 있을 것이다. 내가 너에게 가르칠 것은 더 이상 없느니라. 너의 심회를 찾아 보거라."

그리고는 슬며시 추사의 서신을 내밀었다.

"읽어 보거라. 거기에 너의 길이 있다."

"스승님, 제자가 어찌 감히 스승님의 서신을 읽을 수 있겠습니까?"

추재는 손사래까지 쳐댔다.

"아니다. 이것은 사사로운 이야기만이 아니라 글씨 쓰는 법에 대한 서론書論까지 적은 것이니라. 그러니 네가 읽어 깨우친다면 배움의 도구가 되어 추사에게도 서신을 쓴 보람이 될 것이니라."

 이재의 말에 추재는 그제야 서신을 공손히 펼쳐서는 읽어 내려갔다. 추사의 벗에 대한 깊은 마음을 고스란히 읽어낼 수 있었다.

 "네 스승이신 추사는 벼루 열 개를 구멍 내고 붓 천 자루를 몽당붓으로 만든 후에야 비로소 그만의 글씨를 완성해 냈다고 하지 않느냐. 그런 노력이 있은 연후에야 비로소 천하의 글씨를 탄생시킬 수 있었다 하지 않았느냐. 바로 그러한 것이니라. 노력이니라. 오직 노력뿐이니라. 직접 보고 써가며 익혀야 하느니라. 그것만이 최고의 길로 들어서는 유일한 법이니라. 가르침은 한계가 있느니라. 아무리 훌륭한 가르침이라한들 노력이 없이 어찌 이루어 낼 수 있겠느냐."

 이재는 추사의 노력을 강조하고 또 강조했다. 최고가 되는 길에는 노력만한 것이 없다는 평범한 진리를 깨우쳐 주고자 함이었다.

 "이것은 세살 먹은 어린아이도 아는 진부한 이야기다. 하지만 세살 먹은 어린아이도 아는 것을 여든 먹은 노인도 실천하기는 쉽지 않은 법이니라. 이를 항상 가슴속에 새겨 마음의 거울로 삼도록 하여라."

 "예, 스승님."

 "또한 최고가 되기 위해서는 늘 마음을 닦아야 한다. 손재주만으로 익혀서는 최고가 될 수 없느니라. 반드시 자신만의 심회를 살려 자신만의 글씨를 쓰고 그림을 그려 내야하느니라. 알겠느냐?"

"스승님의 가르침 가슴 속에 깊이 새기도록 하겠습니다."

이재는 추재로 하여금 최고가 되기보다는 그만의 경지를 열어가기를 진심으로 바랬다. 자신은 추사를 흉내 내고 있지만 제자인 추재는 그렇게 되지 않기를 간절히 바랬던 것이다. 자신을 뛰어넘어 보다 더 큰 세상을 보기를 원했던 것이다.

"추사서법은 따로 있는 것이 아니다. 추사의 가슴 속에 있는 것이다. 그런데 사람들은 모두 추사의 가슴만을 따르려 한다. 그러니 제대로 된 추사의 글씨가 나올 수 있겠느냐? 글씨란 그 사람의 마음이라 하지 않았더냐? 추사의 글씨를 쓴다 해도 추사의 가슴을 따르려 하지 말고 자신의 가슴을 먼저 보아야 한다는 뜻이니라. 그런 연후에야 비로소 추사를 떠올리고 붓을 움직여야 천하의 글씨가 나올 바탕이 마련되는 것이니라."

이재의 가르침에 추재는 무언가 보였다. 가슴 깊은 곳으로부터 큰 울림이 일었던 것이다.

"스승님의 글씨만을 좇다보니 아무리 쓰고 또 써도 제대로 된 글씨가 나오질 않았는데 이제야 그 이유를 알겠습니다."

"마음에 차는 글씨를 쓰려면 그래서 자신의 마음부터 다스려야 하는 것이니라."

이재는 잠시 말을 멈추었다가 다시 이었다.

"또한 사람은 그 배움에 있어 시기가 다 따로 있는 법이니라.

우리야 늦게 추사를 배우려했으니 아무리 노력해도 그 경지를 따를 수 없는 것이 어쩌면 당연한 일이다. 이미 나만의 운필이 몸에 배어 있기 때문이니라. 몸에 익은 습관이 나중에 배운 필법을 따라잡는 데 큰 방해가 된다는 이야기니라. 그러니 훌륭한 스승의 가르침은 어렸을 적 배우는 것이 가장 적절하니라. 마치 흰 종이에는 어떠한 그림도 그릴 수 있고 어떠한 글씨도 쓸 수 있는 것과 같은 이치이니라. 이미 그려진 그림이나 쓰여 진 글씨를 바꾸려 하니 그것이 제대로 되겠느냐? 다행히도 너는 어린 나이에 추사를 만나 그 배움에 있어 추사의 것을 그대로 이어받을 수 있었느니라. 그래서 네 추사의 서법이 나의 것보다 낫다는 이야기니라. 이는 홍선군도 마찬가지니라. 추사의 제자 중에는 그래도 어려서 모신 제자이지 않느냐. 그러니 추사를 가장 닮은 제자로는 너와 홍선군 둘 뿐이니라."

이재의 말에 추재는 고개를 끄덕였다.

"스승님의 말씀을 듣고 보니 일리가 있습니다. 지난 번 홍선군대감께서 난을 쳐오셨는데 스승님의 그것과 구분할 수 없을 정도로 훌륭한 것이었습니다."

"그것이 바로 어려서 배운 효과이니라. 때문에 제대로 된 스승을 일찍 만나서 가르침을 받아야만 스승의 모든 것을 제대로 담아낼 수 있느니라. 늦으면 늦은 만큼 스승의 것보다는 자신의 것에 얽매여 제대로 된 성취를 이루어내기 어려우니라."

추재는 고개를 끄덕이며 이재의 가르침을 가슴 깊이 새겼다.

"스승의 것을 온전히 담아낸 연후에야 비로소 자신의 것을 만들어가야 하느니라. 그래야만 천하의 글씨와 그림에 다가설 수 있느니라."

낭천에 머무는 동안 이재의 훌륭한 가르침이 있었으니 뛰어난 자질을 갖추고 있던 추재는 날로 새로워져갔다.

추재는 오개월간 낭천에 머물며 이재를 모시고 글씨를 배웠다. 그리고 나서야 다시 한양으로 돌아왔다.

일석산방-石山房의 봄은 화사하게 피어난 꽃들로 화려하기 그지없었다.

먼저 피어난 담장의 개나리와 진달래가 노랗고 붉은 빛을 뽐내는가 하면 뜰 가운데의 목련도 하얀 꽃망울을 잔뜩 준비하고 있었다. 담장 아래의 꽃밭에는 이른 봄을 장식하는 산야초로 가득했다. 복수초, 산자고, 누루귀, 현호색이 제각각 제 빛을 자랑하고 있었던 것이다.

마루에는 주인이 손님을 기다리고 있었다. 낯빛은 피어나는 목련과도 같이 하얗기만 한데 몸은 학같이 여위어 있었다.

그의 앞에는 흰 종이와 붉은 물감, 그리고 검은 먹이 준비되어 있었다.

훈훈한 봄바람이 듬성듬성한 긴 수염을 훑고 지나갔다.

"얼마나 기다리던 봄이던가?"

한 마디 말을 마친 주인은 붓을 들어 먹을 묻혔다. 그리고는 거침없이 붓을 휘둘러 매화 등걸을 그려냈다. 검은 선이 꿈틀거리며 하얀 종이 위에 피어났다. 비백과 여백을 적절히 살린 매화 등걸이었다. 정성을 다해 매화 등걸을 살려낸 주인은 다시 붓을 들어 붉은 물감을 찍었다. 이어 꽃이 피어나고 꽃봉오리도 맺혔다. 흐드러진 붉은 매화가 흰 종이 위에 피어났다. 다시 보지 못할 눈부신 광경이었다.

흡족한 미소를 지은 주인은 작은 붓을 들어 화제를 써 내려갔다.

'이른 봄 매화와 더불어 봄바람을 맞으니 가슴 속 잔설마저 녹아내리는구나. 두어라 객窓이 오면 내어보리니. 붉은 매화로 변치 않는 마음을 내어보리니. 이른 봄 일석산방에서 우봉이 쓰고 그리다.'

주인은 바로 당대 최고의 문인화가 우봉 조희룡이었다. 특히 매화그림에 있어서는 타의 추종을 불허했다. 그런 그가 누군가를 기다리며 매화를 그리고 있었던 것이다.

우봉이 매화를 그리고 얼마지 않아 누군가가 일석산방 담장에 어른거리는 모습이 눈에 들어왔다. 그리고는 이어 문 앞에서 부르는 소리가 들려왔다.

"스승님! 추재입니다."

추재라는 소리에 우봉은 자리를 일어섰다.

"들어오너라."

추재는 사립을 열고 화사한 일석산방에 모습을 드러냈다. 우봉의 얼굴에 기쁘고도 반가운 낯빛이 역력했다.

"그래, 고생이 많았구나. 듣기로 이재 대감의 곁에서 수발을 들었다고 하더구나."

"예, 스승님. 하지만 고생은 아니었습니다. 가르침을 받고 글씨를 익히느라 제게는 더없이 즐거운 시간이었습니다."

"그래, 그랬겠지. 너의 성실함이라면 그렇게 하고도 남았을 것이다. 어서 올라오너라."

마루에 올라선 추재는 먹물이 채 마르지 않은 매화 한 그루를 내려다보았다.

"매화를 피우셨습니다. 오랜만에 뵙는 스승님의 반가운 매화입니다."

추재는 한참을 서서 우봉의 매화를 내려다보았다.

"스승님의 매화는 언제보아도 눈을 떼기가 어렵습니다. 사람의 마음을 움직이게 하는 묘한 매력을 지니고 있습니다."

"그러하더냐? 매화가 피기에는 늦은 계절이나 화사한 봄꽃들이 너무 현란해 그 화려함을 진정시켜보고자 매화를 피워 냈다."

두 사람은 자리에 앉았다. 홍매 한 가지를 사이에 두고였다. 붉은 매화향이 일석산방을 휘감아댔다.

"그래, 이재 대감은 편안하시더냐?"

"예, 위리안치라 하나 그리 험하지는 않았습니다. 다행히도 옥졸들의 감시가 뜸해 그런대로 자유로웠으며 드시는 것이나 입는 것이나 모두 여유가 있었습니다."

"다행이로구나. 허나 저들의 마수가 언제 돌변할지 모르니 그것이 걱정이로구나."

"뭐 큰 변화야 있겠습니까?"

"그래, 그래야지. 이렇게 너와 다시 마주하니 기쁘구나. 천하의 영재를 얻어 가르치는 기쁨이 가장 큰 즐거움이라고 공자님께서도 말씀하셨는데 내 그런 즐거움을 너를 통하여 얻으니 나의 복이로구나."

"천하의 영재라니요. 부끄럽습니다. 어찌 저 같은 둔재가 그런 소리를 들을 수 있겠습니까? 당치 않습니다."

"그림이면 그림, 글씨면 글씨, 네가 도대체 모자란 것이 무엇이 있더냐? 추사와 이재로부터 글씨를 배웠고 나로부터 그림을 배웠으니 이 시대 너를 따를 자가 없구나!"

"그림은 스승님에 미치지 못하고 글씨는 추사스승님과 이재스승님에 따르지 못하니 어찌 그러하겠습니까?"

"자고로 한 분야에 소질을 갖고 있는 자는 많으나 여러 분야에 그 소질을 골고루 드러내는 자는 드물다고 하였다. 나의 그림에 추사의 글씨를 갖춘 데다 이재의 재능까지 얻었으니 누가 본다면 네 그림과 글씨를 나와 추사 그리고 이재의 것으로 오인하기 딱 좋을 것이다."

우봉은 거듭 추재의 재능과 실력을 칭찬해마지 않았다.

"예藝의 길을 가는 것이 그리 순탄한 것만은 아니다. 자신과의 싸움이기도 하다만 주변의 눈치도 따갑고 때로는 본의 아닌 고난을 싫어서야 할 때도 있기 때문이다."

우봉의 진지한 말에 추재는 자리를 고쳐 앉았다.

"네가 보았다시피 추사께서는 벼루 열개를 구멍 내고 붓 천 자루를 몽당붓으로 만드는 치열한 노력을 기울이신 후에야 비로소 그 분만의 뛰어난 글씨를 창안해 낼 수 있었다. 또한 나는 강설당을 붉은 물감으로 물들인 후에야 비로소 조선의 매화를 피워냈다. 그러한 노력이 없이는 얻을 수 없는 것이 바로 예의 길이다. 뿐만 아니라 추사와 나는 모두 추사체와 조선의 매화라는 것 때문에 바다 건너 멀리 유배 길을 떠나야 하기도 했었다. 홀로 높은 곳에 서있으면 그만큼 시기하는 자와 질투하는 자들이 많기 마련이다. 이들의 시기와 질투를 이겨내고 견디려면 모진 각오를 해야만 한다. 때로는 혹독한 시련을 견뎌내기도 해야지."

"그런 고통과 시련을 알면서도 굳이 그 길을 가신 뜻은 어디에 있었던 것인지요?"

"예藝이니라. 오직 예에 대한 사랑이 그렇게 하게 한 것이니라. 그 외에 무엇이 있겠느냐?"

우봉의 치열한 대답에 추재는 고개를 끄덕였다.

"그러나 너무 겁먹을 필요는 없다. 마음만 먹는다면 누구나 할 수 있는 일이기 때문이다. 그리고 그 길이 고난의 길이기만 하다면 누가 그 길을 가겠느냐? 힘든 뒤의 보람과 뿌듯함이 있기에 그 길을 갈 수 있는 것이다. 아무도 오르지 못한 산을 홀로 올랐을 때의 기쁨을 아느냐?"

우봉은 회상에 잠기는 듯 눈을 지그시 감았다가는 다시 뜨며 입을 열었다.

"옛적에 도봉산을 오른 적이 있다. 발 아래로 굽어보는 세상이 그야말로 가슴 속에 천하를 품은 것만 같더구나. 그 기쁨이다. 그 기쁨이 그 길을 가게 한 것이다. 누구도 이루지 못한 조선의 매화를 피워내는 기쁨, 바로 그것이다."

"그렇다면 어떤 마음으로 그 길을 가야하는지요?"

"먼저 자신의 길에 대한 확고한 신념이 있어야겠지. 이 길에서 나는 반드시 이루고 만다는 신념. 그것이 필요한 게야."

"하지만 저를 포함한 많은 조선의 젊은이들이 버거운 현실에 속앓이를 하고 있는 것이 현실입니다. 신분이라는 엄연한 현실이 가로막고 있지 않습니까? 붓을 놀려 글씨를 쓰고 그림을 그린다 한들 어디에 쓰겠습니까?"

추재는 감추어 두었던 울분을 우봉의 앞에서 털어놓았다. 추사나 이재는 그들의 신분이 어엿한 사대부였기에 마음대로 털어놓을 수 없었던 이야기였다.

"세상이 언젠가는 알아 줄 것이다. 실력을 갖추기만 한다면 하늘은 언젠가는 그 이름을 세상에 드러나게 해 줄 것이다. 도화서 화원을 넘어 현감까지 지낸 인물들도 있지 않느냐? 그러기 위해서는 먼저 실력을 갖추고 기다려야 할 것이다. 실력을 갖춘 뒤에 그 다음을 기대해야지 실력도 갖추지 못한 채 신분만을 탓하고 있다면 훗날 찾아온 기회마저 잃고 말 것이다. 세상을 탓하지만 말고 자신에 최선을 다한다면 언젠가는 그 최선이 큰 기회를 가져다줄 것이다."

추재는 우봉의 말에 고개를 끄덕였다. 이해하겠다는 뜻이다.

"세상을 좋게만 본다면 더없이 좋아질 수밖에 없다. 또한 나쁘게만 본다면 한없이 나빠질 수밖에 없다. 이것이 세상 살아가는 이치이다."

"스승님의 그런 생각이 오늘의 자리에 있게 한 힘이로군요."

"이 몸이 무엇 때문에 강설당을 붉게 칠할 정도로 매화에만 매달렸겠느냐? 벼슬이나 얻으려고 했다면 이런 성취를 얻지 못했을 것이다. 벼슬은 작은 것이다. 세상 사람들이 어찌 한 분야에 있어 가장 앞서 있는 사람이 되려고 하지 않는지 모르겠구나."

"비천한 이 몸도 그럴 수 있겠습니까?"

"신분이 어찌 사람의 본분을 앞설 수 있겠느냐? 누구나 이룰 수 있는 것이다. 다만 사람들이 그 길을 가보지 않고 신분만 앞세워 불가하다 말하는 것이다. 생각을 바꾸어라. 어찌 사대부나 양반만이 글을 읽고 시를 지으며 글씨를 쓰고 그림을 그릴 수 있다 생각하느냐? 그것은 낡은 것이다. 낡고도 낡아 이제는 버려야 할 것이다."

"스승님의 가르침은 언제나 제게 힘을 주십니다. 추사스승님이나 이재스승님이 제게 가르침을 주신다면 스승님께서는 깨달음을 주십니다."

"그건 앞서도 말했지만 가르침이 달라서가 아니다. 신분이 그렇게 하는 것이다. 추사 대감이나 이재 대감이 네게 이런 말을 해 주겠느냐? 그들은 어엿한 사대부니 신분을 앞에 놓고 너를 대할 것이다. 아무리 그들이 너를 사랑한다 해도 신분을 앞에 놓고 너를 대하다 보니 보이지 않는 벽이 생길 수밖에 없는 것이다."

우봉의 솔직한 말에 추재는 가슴이 따뜻해지는 것을 느꼈다. 추사나 이재로부터는 느끼지 못하는 따뜻함이었다.

"저들도 만약 나와 같은 위치에 있었다면 틀림없이 네게 이런 말을 해주었을 것이다."

우봉의 말에 추재는 고개를 끄덕였다. 우봉은 붓을 들었다. 그리고는 가슴 속에 맺힌 한을 그림으로써 드러내고자 했다.

칼날을 품은 댓잎이 휘영청 밝은 달 아래 모습을 드러냈다. 칼끝을 닮은 댓잎은 세상 무엇이라도 베어내고 말 기세였다.

"베일 것 같습니다."

조심스런 추재의 말에 우봉은 씁쓸히 웃음을 지었다.

"이 칼날을 품은 대나무가 후세에 전해져 나의 마음을 전할 것이다."

'세상을 베어낼 칼날을 품었으니 누가 감히 손 댈 것인가? 우봉이 그리다.'

짧은 관서였지만 그 속에는 깊은 마음이 함축되어 있었다. 추재는 그런 스승의 마음을 잘 알았다. 자신에게는 괜찮다는 말로 위로했지만 스승 역시 자신과 같은 마음이었던 것이다.

추재와 우봉은 붓으로써 서로를 격려했으며 자신들의 소외된 삶을 위로받았다. 붓을 통해서 신분의 차별을 넘어서려 했던 것이다.

4

추재와 벗

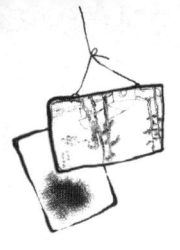

추재는 한강변을 따라 거닐었다. 아스라한 물비늘과 반짝이는 모래가 눈을 부셔댔다. 불어오는 훈훈한 바람이 스승인 우봉을 만나던 그날을 닮아 있었다.

'스승님들도 모두 떠나고 이제 내게 남은 것은 오원吾園뿐이로구나.'

추재는 길게 탄식을 흘려냈다. 갯버들이 살랑거리는 훈훈한 봄날과는 어울리지 않는 긴 한숨소리였다. 가르침을 주던 스승도 모두 떠나고 세상에 다시 홀로 남겨졌다는 외로움이 그로 하여금 절로 탄식을 자아내게 했던 것이다.

'이제 나의 길은 어디에서 찾아야 한단 말인가?'

이끌어주던 추사와 이재, 그리고 우봉이 곁에 없으니 추재로서는 그야말로 망망대해에 홀로 떠있는 것이나 마찬가지였다. 그건 견딜 수 없는 고통이었다.

'그가 나를 보고자 한 이유가 무엇이란 말인가?'

중얼거리고 있던 추재에게 멀리 마포나루의 북적거림이 한눈에 들어왔다. 황포돛배가 넓은 강물을 뒤덮은 채 활기찬 나루의 일상을 펼쳐놓고 있었다.

나루는 물건을 사고파는 사람들의 열띤 목소리로 왁자지껄했다. 객주는 물론 보상과 부상까지, 장사치들이 한데 어우러져 겨우내 얼어붙었던 강물을 열띤 거래로 녹이고 있었던 것이다.

나루를 눈앞에 두고 추재는 언덕으로 발길을 돌렸다. 그리고 그 언덕에서 화서헌畵書軒을 보았다.

"계십니까?"

추재는 주인을 불렀다. 이어 안에서 장년의 사내가 나왔다.

"어서 오십시오. 기다리고 있었습니다."

사내는 추재를 정중히 맞았다. 그리고는 안으로 안내했다.

아담한 화서헌은 이름에 걸맞게 그림과 글씨로 가득했다. 한눈에 보아도 그 사람의 내력을 알만했다.

"제가 한양의 그림과 글씨를 거간하고 있는 화사畵士 김중여란 사람입니다. 도화서의 그림은 물론 아랫녘 민화까지 제가 조선에서 구하지 못할 그림은 없습니다. 물론 연경이나 왜의 그림도 주문만 하시면 구해드릴 수 있지요."

화사의 말에 추재는 자신의 짐작이 들어맞았음에 고개를 끄덕였다.

"그러셨군요. 그런데 저를 보자고 하신 까닭이 무엇입니까?"

추재의 말에 화사는 빙긋이 웃으며 입을 열었다.

"그림을 사고파는 사람이 화원畵員을 만나자고 한 까닭이 무엇이겠습니까?"

화사의 말에 추재는 흠칫했다. 화사의 말은 자신의 그림을 사겠다는 뜻이 아닌가? 이는 추재가 미처 생각지 못한 일이었다. 아니, 자신의 그림을 팔겠다는 생각은 꿈에서도 해보지 않았었다.

"제 그림을 사시겠다는 말씀입니까?"

"물론이지요. 그림뿐이겠습니까? 글씨도 그렇게 해 드리지요."

화사의 말에 추재는 문득 마음이 흔들렸다. 스승인 추사나 우봉이 안다면 불호령이 떨어질 것이었다. 하지만 곤궁한 생활이 추재의 마음을 흔들었다.

"지금 세상은 추사와 우봉의 서화書畵로 난리들입니다. 두 분이 모두 세상을 떠나시고 난 지금, 사람들은 그분들의 글씨와 그림을 구하고자 혈안이 되어있습니다. 꿩 대신 닭이라고 덕분에 흥선군의 난이 판을 치고 있지요. 그분은 추사의 제자이니 그럴 만도 하고 또 실력도 갖추었습니다. 또한 오원 장승업의 그림도 잘 팔리고 있지요. 그림에서는 타의 추종을 불허하고 있는 형편입니다. 워낙 잘 그리기도 합니다만."

추재는 새로운 세상이 보였다. 그림을 팔아 곤궁한 삶을 면할 수 있다면 그도 그림을 배운 보람이라 할 수 있을 것이었다. 이는 추재에게서 추사가 서서히 빠져나가고 있는 것이기도 했다. 가난이 서기書氣와 문향文香을 퇴색시키고 있었던 것이다. 그만큼 추재의 삶은 곤궁하기 그지없는 것이었다.

"홍선군의 난이나 글씨는 값을 홍정하기가 쉽지 않습니다만 오원의 그림은 높은 가격에 제법 거래가 되고 있습니다. 홍선군이야 돈이 궁해 난을 치고 글씨를 파는 경우가 없지요. 소장하고 싶은 사람들이 간곡히 부탁해 겨우겨우 얻은 것이니 시장에 나올 리도 없고요. 그러나 간혹 흘러나오는 것들이 있는데 이것들이 너무 터무니없는 가격에 홍정을 해오는 바람에 거래되는 경우는 매우 드뭅니다. 하지만 오원은 다르지요. 자신이 필요에 따라 가끔 그림을 그려 팔기 때문입니다. 백미 두어 말에 그림을 내놓기도 하는가 하면 어떤 것들은 한 가마를 요구하는 것도 있습니다. 요즘 같은 세상에 백미 한 가마라면 얼마나 큰 것인지 그대도 잘 아실 겁니다."

추재는 놀랐다. 오원의 그림이 그렇게 높은 가격에 거래되고 있었다니? 새로운 사실에 추재는 가슴이 다 뛰었다. 오원이 그 정도라면 자신도 그럴만한 충분한 위치에 있었기 때문이다. 화사가 자신을 찾은 이유를 이제야 알 수 있었다. 그는 자신의 가치를 알아보았던 것이다.

"홍선군이야 추사의 제자이기는 하지만 왕족이라는 사실 때문에 그리 깊은 가르침을 얻지는 못했지요. 오원은 우봉의 제자이지만 [62]혜산蕙山을 거쳐 가르침을 받았기에 격이 떨어질 수밖

---

[62] 혜산 유숙: 조선후기 화원화가로 추사의 제자.

에요. 허나 그대는 추사를 곁에서 모시면서 가르침을 받은 데다 우봉에게서 직접 가르침을 받았으니 그 격이 남다릅니다. 뿐만 아니라 이재 권돈인 대감에게서도 가르침을 받았으니 누가 뭐라 해도 이 시대 최고의 그림과 글씨는 그대 추재가 아닌가 합니다. 제가 장담하건대 조선에서 제일가는 글씨와 그림은 그대에게서 나올 것입니다. 이미 추사의 글씨와 문인화에 있어 최고의 경지에 이르러 있습니다. 그림과 글씨를 감식하며 밥을 먹고 사는 제가 볼 때 그대의 글씨는 추사의 것과 구분할 수 없으며 매화는 우봉의 것과 조금도 차이가 없습니다. 그러니 다른 사람들이야 어떻게 알아 볼 수 있겠습니까? 추재 그대가 쓴 글씨나 그린 그림을 추사나 우봉의 것으로 볼 밖에요."

화사의 말에 추재는 흐뭇했다. 하지만 그때까지도 추재는 화사의 의도를 눈치 채지 못했다. 단지 글씨와 그림을 팔아보자는 의도로만 알았던 것이다.

"그래, 저의 글씨나 그림을 거래해 보겠다는 말씀이십니까?"

추재는 마음을 굳힌 듯 했다. 지긋지긋한 가난을 벗어나 흰쌀밥에 고깃국을 먹으며 호위호식은 아니더라도 어떻게든 배고픔을 면해 보고자 했던 것이다.

추재의 물음에 화사는 손을 비벼대며 잠시 머뭇거렸다. 뭔가 켕기는 것이 있는 모양이었다.

"괜찮습니다. 말씀해 보시지요. 스승님들의 뜻에 어긋난다는 것은 잘 알고 있으나 그래도 눈앞에 놓인 현실이 너무나도 야박하니 어쩌겠습니까? 그리 할 수밖에요."

"그게 아니라······"

화사는 추재의 눈치를 보고나서 주위를 다시 한 번 둘러보았다. 마치 무슨 큰 비밀이라도 있는 것처럼 조심 또 조심했다.

"그대의 글씨를 추사의 것처럼 팔면 어떨는지요?"

화사의 말에 추재는 흠칫했다.

"내 글씨를 스승님의 글씨로 팔다니요?"

"지금 한양에서는 추사의 글씨를 구하지 못해 난리들입니다. 이미 돌아가신 분의 글씨를 어떻게 구하겠습니까? 허나 추재 그대의 글씨를 추사의 것으로 내놓는다면 아까도 말한 것처럼 알아볼 사람이 없습니다. 저도 구분하지 못할 정도인데 누가 알아보겠습니까?"

"그건 안 될 일입니다. 어찌 감히 스승님을 팔아 내 몸을 편하고자 하겠습니까? 글씨를 파는 것만 해도 스승님의 뜻을 크게 훼손하는 일인데 말입니다."

화사는 이미 그러리라 짐작이라도 했던 것처럼 그리 크게 반응하지는 않았다. 그의 설득은 계속 이어졌다.

"추재 그대의 이름으로 글씨를 내놓는다면 그리 높은 값을 받지는 못할 겁니다. 오원이야 도화서 화원의 자리에 있으니 그 값을 제대로 받을 수 있습니다만 그대는 아직 이름도 알려지지 않았잖습니까? 그러니 그대의 이름을 숨기고 추사의 것으로 내놓는다면 아마 오원의 두세 배는 충분히 받을 수 있을 겁니다.

그만큼 추사의 글씨를 사람들이 많이 원하고 있는 실정이지요. 우봉의 매화나 난은 그 절반 정도에 거래가 되고 있습니다."

화사의 말에 추재는 갈등이 깊어졌다. 오원의 두세 배라면 글씨 한 점에 쌀 두세 가마는 충분히 받을 수 있다는 말이었다. 종이 한 장, 글씨 몇 자에 그렇게 높은 가격을 받을 수 있다니 추재는 망설이지 않을 수 없었다.

"추사의 높은 가르침을 받은 그대가 이런 제안에 선뜻 응하지 못하는 것은 당연한 일입니다. 허나 분명한 것은 그대는 사대부가 아니라는 사실입니다. 추사께서 말씀하신 서권기문자향이라는 것은 배부르고 호사스런 사대부나 양반들이 입에 올리는 것이지 그대나 나 같은 중인의 무리들에게는 쓸데없는 허접한 것에 불과한 것입니다. 더구나 하루 한 끼 먹을 식량도 구하지 못하는 비루한 삶에 그런 서권기문자향이 가당키나 하겠습니까?"

화사의 말에 추재는 자존심이 상했다. 중인의 무리라 일컬으며 자신을 비하하는 말에 그만 자신의 글과 그림까지 싸잡아 얕보는 것 같아 내심 불쾌하기 그지없었던 것이다. 그러나 추재는 아무 말도 하지 않았다. 내색도 하지 않았다. 그러자 화사의 거친 언사가 계속되었다.

"쓸데도 없는 글과 그림을 두었다 어디에 쓰겠습니까? 어려운 살림에 보탤 수만 있다면 그보다 보람 있는 일도 없겠지요. 그대가 과거에 나갈 수 있다거나 도화서 화원을 거쳐 출세할 수 있는 길이 있다면 내 이런 말 하지도 않습니다. 중인의 신분으로, 그것도 아무것도 가진 것 없는 하찮은 중인이, 지닌 손재주로 편안한 삶을 영위할 수만 있다면 마땅히 그 재주를 아끼지 말아야지요."

추재는 화사의 거북살스런 말에도 아무런 대꾸나 표정의 변화도 보이지 않았다. 화사의 말이 그리 틀리지 않은 엄연한 현실이기도 했기 때문이다.

"중인의 신분으로 대과大科를 본다는 것은 생각도 할 수 없는 노릇이고 역관이나 의관도 틀린 일일 테며 그렇다면 남은 것은 도화서 화원인데 거기에는 오원이 자리를 꿰차고 앉아 있으니 그대가 할 수 있는 일이 대체 무엇이겠소? 내 제안을 받아들여 부富를 쌓고 편안한 삶을 사는 것이 그대로서는 최선의 방법일 게요. 그대가 작심만 한다면 내 그대를 도성 안은 아니어도 어엿한 기와집에 떵떵거리며 살 수 있게 해 주리다."

화사의 말에 추재는 귀가 솔깃했다. 눈빛도 반짝였다. 이를 놓칠 화사가 아니었다. 장사치 특유의 감각이 그런 변화를 놓칠 리 없었던 것이다.

"내 약조하리다. 그대가 나와 뜻을 같이하여 함께 일을 한다면 고래 등 같은 기와집에 첩실을 두고 즐길 만큼 벌게 해주리다."

화사는 추재의 마음이 움직이고 있음을 알고는 더욱 열을 올려댔다.

"내 말이 거짓인지는 오원을 한 번 만나보구려. 오원을 만날 수나 있을지 모르겠소. 도화서 나리가 된 오원이 그대같이 이름 없는 벗을 거들떠나 보겠소? 더구나 당신 같은 실력자를 오원이 불러들이려 하겠소?"

화사의 말에 추재는 호기심이 일었다. 과연 그럴까?

"제게 좀 더 시간을 주십시오."

반쯤 넘어온 추재에 화사는 함박웃음을 지었다.

"그래야지요. 물론 그래야지요. 결심이 서면 즉시 달려오도록 하시오. 내 기다리고 있겠소."

"말씀하신 오원은 저와 생사고락을 함께 했던 벗이기도 합니다. 어렸을 적 수표교 밑에서 추위와 굶주림을 함께 나누었던 사이지요."

추재의 말에 화사는 빙긋이 웃었다.

"그것도 없고 배고팠을 때의 일입니다. 뱃가죽에 기름기가 가득 찼는데 그때 일을 기억이나 하겠습니까? 아마도 얼굴보기도 쉽지 않을 게요."

"저는 그렇지 않으리라 믿습니다. 제가 이제껏 오원을 찾아가지 않은 것도 벗의 마음을 믿기 때문이었습니다. 도화서 화원이 된 벗에게 행여나 짐이 되지 않을까 해서 그랬던 것인데 설마 그렇게까지 하겠습니까?"

"사람의 마음이란 것이 모두 나와 같은 건 아닙니다. 때로는 추재 그대와 같이 그렇지 않은 사람도 있겠습니다만 그렇지 않은 경우가 훨씬 많답니다. 때로는 그 앉은 자리가 그렇게 만들기도 하지요."

화사의 거듭되는 말에 추재도 그럴까 하고 의구심이 들었다.

"아무튼 조만간 결정을 해서 찾아뵙든지 하겠습니다."

"그러시지요."

추재는 자리를 일어섰다. 화사도 문밖에까지 나와 떠나는 추재를 배웅했다.

눈 아래 마포나루에서는 여전히 장사치들의 거래로 떠들썩했다. 늘어진 버드나무 사이로 유유히 떠가는 황포돛배가 한가로운 오후였다.

추재는 마음이 들떴다. 그리운 벗을 만난다는 기대감 때문이었다. 발걸음도 빨랐다.

견평방堅平坊에 다다르니 도화서圖畫署가 눈에 들어왔다. 도화서는 예조禮曹에 속한 아문衙門이다. 오원은 도화서의 감찰監察의 자리에 있었다.

추재는 도화서 감찰에까지 오른 벗이 무척이나 자랑스러웠다. 하지만 화사의 말이 영 마음에 걸렸다. 도화서를 눈앞에 두자 그 불안한 마음은 더욱 커졌다. 문득 어려서 힘든 시절을 함께 하던 때가 떠올랐다. 곯은 배를 움켜쥔 채 수표교 다리 밑에서 물을 퍼 마시던 기억이 떠올랐던 것이다.

오원은 이응헌李應憲의 눈에 띄어 그림을 배우게 되었고 추재는 선인방仙人房이라는 약포에 심부름꾼으로 들어가 연명을 해야 했다. 그러다 우연히 추사의 눈에 띄어 청관산옥으로 거처를 옮기게 되었던 것이다.

추재가 추사를 만날 때쯤에는 이미 오원은 그림에 있어 높은 성취를 이룬 상태였다. 이어 뛰어난 그림 솜씨가 도화서 화원으로 임명되게 했으며 승승장구한 그는 감찰이라는 벼슬에까지 올라 있었다.

도화서에 이른 추재는 오원을 찾았다. 하지만 남루한 옷차림에 꾀죄죄한 몰골의 그를 도화서 안으로 들일 리 만무했다. 갖은 모욕과 핍박만 받은 채 발도 들여놓지 못하고 돌아서야 했던 것이다.

"너 같은 무지렁이가 감찰어른은 무슨 감찰어른이야."

"감찰어른의 벗이라니? 감찰어른이 그렇게 한가한 줄 아느냐?"

오원을 만나보지도 못한 채 발길을 돌려야 하자 추재는 그제야 비로소 화사의 말을 절감했다.

"도화서의 담이 이리도 높은 줄은 미처 몰랐네. 벗을 눈앞에 두고도 문이 앞을 가로막아서니 힘없는 벗은 대체 어찌 하면 좋단 말인가?"

추재는 허탈한 웃음으로 도화서 문 앞을 돌아섰다. 그리고는 터덜터덜 길을 걸었다.

"엊그제는 수표교 아래서 함께 물로 배를 채웠는데 오늘은 어이하여 이리도 다르단 말인가? 하나는 담 높은 도화서에 감찰로 앉아 호령하고 다른 하나는 여전히 비루하고 초라하게 견평방 앞길을 거닐고 있으니 이 어찌된 일이란 말인가?"

추재는 탄식했다. 그리고 탄식은 곧 분노로 이어졌다. 오원이 잘못한 것은 없었으나 그에 대한 질투와 시기 그리고 세상에 대한 분노가 한꺼번에 치밀어 올랐던 것이다.

추사나 우봉이 결코 그렇게 가르친 적 없었으나 추재는 한순간에 타락의 길을 떠올리고 말았다. 굶기를 밥 먹듯이 하며 비루하게 사느니 차라리 화사와 더불어 편안케 살리라 생각했던 것이다.

"그래, 누구나 할 수 있는 것이라 늘 스승님께서 말씀하시지 않았던가? 나라고 해서, 이 추재라 해서 이리만 살라는 법은 없지 않은가? 편한 길이 있으매 억지로 험한 길만 가려하는 것도 죄가 되리라."

추재는 발길을 서둘렀다. 그리고는 징청방澄淸坊의 기방을 찾았다. 주로 관원과 사대부들이 찾는 취운루翠雲樓였다.

"이리 오너라!"

추재는 큰 소리로 불러 제켰다. 어떻게 이런 목소리가 나왔는지도 모를 일이었다. 비록 초라한 몰골이었지만 자못 당당하고 위엄 있는 목소리였다. 평상시의 추재가 아니었다. 하지만 반응은 싸늘한 것이었다.

"어떻게 왔나?"

추재의 몰골을 훑어본 사내가 던지듯 한마디 받았다. 까칠한 수염에 부릅뜬 고리눈, 뭉툭한 코에 뺨에 난 칼자국이 기방에 빌붙어 사는 검계劍契였다. 험악한 인상에 주눅이 들만도 하건만 추재는 여전히 당당했다.

"이보시오. 멀쩡한 사내가 기방을 찾은 연유를 몰라서 묻는 거요? 술 도가니가 비었소? 아니면 기생이 모두 염병이 났소? 술 도가니가 비었으면 냉큼 술을 사가지고 오고 기생이 없으면 다른 기방에서 데려오기라도 하오."

추재의 대찬 말에 검계는 어이가 없다는 듯 추재를 내려다보았다.

"이런 미친놈을 보았나. 예가 어디라고."

검계는 달려들어 추재의 멱살을 부여잡았다. 억센 손길에 추재는 숨이 막혀 컥컥거리면서도 기방을 찾은 사내로서의 자존심을 잃지 않으려 애썼다. 사내의 억센 손을 부여잡고 힘을 써댔던 것이다.

"요놈 봐라. 네 놈 몰골을 보아하니 오늘 본때를 좀 보여줘야겠다. 예가 어디라고 감히 행패가 행패더냐? 예는 의금부나리들과 육조의 대감들께서 드나드시는 곳인데 이런 빌어먹을 몰골을 하고 와서 감히 이리 오라, 저리 가라 지껄이는 게냐?"

험악한 검계의 손에 쥐어져 옴짝달싹 못하면서도 추재는 검계의 말을 맞받았다.

"입은 옷과 행색을 보고 술을 파는 기방도 있었는가? 세상천지 돈 싫다는 기방은 또 처음이로세."

"입만 살아있는 놈이로구나. 네가 뜨거운 맛을 보아야 정신을 차리겠구나."

"내 비록 행색은 이 모양이나 가진 돈은 이 기방을 사고도 남을만하다. 어찌 이리 무례하게 구느냐?"

"그래, 그런 놈이 옷 한 벌 제대로 입지 못하고 이러고 다니느냐? 오늘 매품이나 한 번 팔아 보거라."

검계의 우악스런 주먹이 막 추재의 얼굴을 내려치러 할 때였다.

"그만 두어라!"

근엄한 목소리가 뒤에서 검계의 손을 말렸다. 뒤를 돌아본 검계는 깜짝 놀라며 추재의 멱살을 부여잡은 손을 놓고는 허리를 굽혀 물러났다. 추재는 엉겁결에 옷을 털어대며 평교자에 앉아있는 나리를 올려다보았다.

"무엄하다! 도화서 제조提調이신 예조판서 대감이시니라."

앞선 집사가 추재를 나무랬다. 그제야 추재는 판서대감이라는 말에 허리를 굽혔다.

"술이 그리워 찾아 온 모양이니 한 상 차려 먹여 보내도록 하여라. 술이 그립다는데 야박하게 내쳐서야 쓰겠느냐?"

후덕한 배려가 오히려 자신을 더욱 초라하게만 만들었다. 자존심까지 상했다.

"대감, 아뢰옵기 황송하오나 제가 억지를 부리는 것이라면 모를까 어찌 그 겉모습만을 보고 사람을 판단하려 하시옵니까?"

"그래? 그렇다면 억지가 아닌데도 저 자가 너를 그리 대했다는 말이냐?"

"그렇사옵니다."

"허. 그렇다면 이는 네놈이 경을 쳐야겠구나. 어찌 손님을 그리 대한단 말이더냐?"

판서대감의 호통에 검계는 오금을 조아리며 고개를 흔들었다.

"대감마님, 그런 게 아니옵고 이 자의 몰골이 하도 궁핍하여 대감님들의 눈을 언짢게 해드릴까 염려하여 그리했던 것이옵니다."

"과한 염려로다. 이것도 장사이거늘 그리해서야 쓰겠느냐?"

"하이고 맞습니다요. 판서나리, 어서 안으로 드시지요."

언제 나타났는지 화려한 수가 놓아 진 자색 저고리에 비취색 치마를 두른 여인이 호들갑을 떨어대고 있었다. 분단장을 곱게 하고 치렁치렁한 장신구가 눈을 사로잡는 여인이었다.

"문밖에서 이렇게 머뭇거리시면 판서나리의 체통에 어울리지 않습니다요. 어서 안으로 드십시오."

여인은 안으로 들기를 입으로 재촉하면서 눈짓으로는 검계에게 물러가라 일렀다. 검계는 허리를 굽혀 뒷걸음질로 물러갔고 판서는 안으로 들었다.

판서의 뒤를 따르는 사람 중에 추재의 눈을 사로잡는 사람이 있었다. 바로 오원 장승업이었다. 추재의 눈에 불꽃이 튀었다. 그렇지 않아도 자존심이 상해 있던 마당에 오원의 앞에서 그런 수모를 당했으니 추재의 마음이 오죽했겠는가? 더욱 자존심 상하는 일은 오원이 그런 자신을 보고도 못 본 척 외면했다는 것이다.

추재는 판서 일행이 안으로 들고 난 후, 한동안을 머뭇거리다가는 어슬렁거리며 취운루로 들어섰다. 이미 판서 일행은 어디로 사라졌는지 보이지도 않았다. 진한 술 냄새와 여인의 분 냄새 그리고 왁자하게 떠드는 소리 사이로 드나드는 노래와 음악 소리로 취운루는 별천지와 다름없었다. 처음 접해보는 황홀하고도 신기한 세상이었다.

추재는 기생의 안내에 따라 방으로 들었다.

사람들이 많이 드나드는 모퉁이에 위치한 작은 방은 번거롭고 불편하기만 했다. 오고 가는 사람들이 기웃거리며 바라보았기 때문이다. 편안히 술을 마시기에는 적당치 않았다. 그러나 처음 기방에 든 추재로서는 그것이 자신에 대한 어떤 대접이라는 것도 모른 채 퇴기退妓의 대접을 받아야 했다.

"지나는 사람마다 모두 기웃거리며 쳐다보니 어디 제대로 술을 마실 수나 있겠나?"

추재의 불평에 퇴기가 얼른 맞받았다.

"별 걸 다 신경 쓰십니다, 나리. 누가 나리 얼굴 쳐다보려고 이 취운루에 왔답니까?"

듣고 보니 또 그런 듯했다.

"그래, 술이나 마셔 보자. 한 상 차려오너라."

"성미도 급해서. 곧 차려올 겁니다."

한 상 차려오라는 말에 그녀는 콧소리와 함께 아양까지 떨어 댔다. 그런 그녀의 태도에 추재는 얼굴이 절로 찌푸려졌다. 그녀의 아양이 역겨웠던 것이다.

"그나저나 내 차림이 이러해 대접이 이리도 소홀한 게냐?"

높아진 추재의 목소리에 그녀는 정색을 했다.

"대접이 소홀하다니요?"

되묻는 말에 추재가 노골적으로 불만을 드러냈다.

"이 취운루는 젊고 예쁜 기생이 즐비한 것으로 알고 있는데 소문이 모두 헛된 것이었더냐? 아니면 내 차림이 이러해 대접이 소홀한 것이더냐?"

그제야 알겠다는 듯 그녀는 살포시 웃으며 다시 아양을 떨어 댔다.

"오늘은 판서 나리께서 행차하셔서 애들이 모두 바쁩니다. 이해해 주서요. 곧 데려오도록 하겠습니다."

그녀의 정중한 대답에 추재는 마음을 가라앉히지 않을 수 없었다. 오늘 취운루를 찾은 것이 술을 마시기 위함이지 계집을 찾아 온 것은 아니었기 때문이기도 했다.

은은한 가야금소리와 청아한 노래 소리 그리고 왁자한 웃음소리로 취운루는 한낮인데도 한참이나 달아올라 있었다.

"술이 들어오면 곧 젊은 아이가 나리를 모실 겁니다. 준수하게 생기신 나리께서 어찌 그리도 성미가 급하실까?"

그녀의 미소에 추재도 겸연쩍게 웃지 않을 수 없었다.

"술이나 얼른 가져오게."

그녀가 대답도 하기 전에 술상이 들어왔다. 상다리가 부러질 정도로 잘 차려진 술상이었다. 추재로서는 난생 처음 보는 음식들이었다. 화전에 두견주, 수리치떡과 수단, 밀쌈을 비롯해 굴비와 닭고기, 갈비 등 이름만 들어보았던 음식들이 한 상 가득 차려져 있었다.

그런 음식을 보자 술보다 고픈 배가 먼저 난리였다. 체면도 잊은 채 침부터 흘러댔다. 눈은 돌아가고 혀는 요동쳤다.

"허기가 지신 모양인데 어서 드시지요. 요기를 하신 후 술을 드셔야 술기운을 이겨내실 수 있습니다."

친절한 그녀의 말에 추재는 정신을 차리고 자세를 바로 했다. 그리고는 먼저 고기를 집어 들었다. 기름기가 자르르한 고기전이 자신도 모르게 젓가락을 이끌었던 것이다. 고기 맛을 본 추재는 정신없이 허기진 배를 채우기 시작했다. 술을 먹으러 온 것인지 주린 배를 채우러 온 것인지 모를 지경이었다. 옆에서 지켜보는 나이 든 기녀는 안쓰러운 표정으로 그런 추재를 바라보았다.

얼마간 그렇게 정신없이 먹고 난 추재는 그제야 무안했던지 어색한 얼굴로 그녀를 바라보았다. 그리고는 생뚱맞게도 그녀의 이름을 물었다.

"그래, 자네 이름이 무엇인가?"

그제야 자신에게 관심을 갖는 추재에게 그녀는 배시시 웃음을 지어보였다. 자신에 대한 관심 때문이 아님을 잘 아는 그녀도 웃음으로 어색함을 덮으려 했던 것이다.

"홍화紅花라 합니다. 한때는 붉은 홍화처럼 어여뻤었지요. 지금이야 이렇게 나이가 들어 천대받는 신세지만요."

천대받는다는 말에 추재는 고개를 끄덕였다. 생각해보니 자신과 같은 처지가 가련해 보였기 때문이다.

"세월이 참 무섭지요. 십년 전만 해도 서로 차지하려고 야단법석을 떨어대던 양반들이 이제는 곁에 오는 것조차 꺼립니다. 세월이란 놈이 참 무심하고도 무섭습니다."

"세월이 어찌 자네를 야박하게 대했겠는가? 세월은 그저 무심하게 흘러갔을 뿐이라네. 양반이나 중인이나 천민이나 누구에게나 똑같이 흘러갔을 뿐이라네. 다만 세상인심이 자네를 그리 딱하게 만드는 것일세. 세상인심이."

추재의 말에 홍화는 피식 웃음을 터트렸다.

"그렇군요. 세상 사내들이 그렇게 하는 것이로군요."

"세상 사내라고 다는 아닐세."

추재는 겸연쩍게 말꼬리를 흐렸다. 생각해 보니 자신도 홍화를 그리 대했기 때문이다. 이를 모를 리 없는 홍화가 꼬집듯 입을 열었다.

"나리께서도 방금 그러지 않으셨습니까? 이 홍화더러 젊고 예쁜 기녀를 들이라고요."

홍화의 말에 추재는 선뜻 대답을 못했다.

"세상 사내들이란 다 똑같지요. 나리라고 해서 어찌 그렇지 않겠습니까? 있는 양반이나 없는 양반이나 사내는 다 똑같은 사내니까요."

홍화의 탄식에 추재는 겸연쩍게 술잔을 내밀었다.

"따라 보거라."

홍화는 말없이 술을 따랐다. 맑은 기운을 머금은 두견주가 술잔을 가득 채웠다. 이른 봄의 붉은 두견화가 추재의 술잔에 들렸다. 추재는 거침없이 술잔을 비웠다. 가련한 홍화처럼, 천대받는 나이 든 기녀처럼 자신도 세상에 버림받은 신세라 생각하며 술잔 비우기를 거듭했던 것이다. 홍화는 추재가 내미는 대로 술을 따랐다. 그의 아픔을 이해했기 때문이다. 가진 것 없고 힘없는 신분의 아픔을 이해하고 있었던 것이다.

추재는 술을 마시고 또 마셔댔다. 이미 밤도 깊어 있었다. 가야금 소리도 끊어지고 세상은 서서히 적요로 물들어가고 있었다. 기방의 불도 꺼지기 시작했다. 간간히 들려오는 사내들의 취한 목소리가 적요를 흔들 뿐이었다.

"가서 화사를 불러오게."

혀 꼬부라진 소리로 추재는 화사를 찾았다.

"화사라니요?"

홍화는 그때까지도 추재의 곁을 지키고 있었다.

"마포에 가면 화사라는 인물이 있을 것이네. 그를 데려오게."

"그분이야 저도 알고 있지만 대체 그 분과는 어떤 인연이신지요?"

"화사를 안다?"

홍화가 화사를 안다는 말에 놀란 것은 오히려 추재였다.

"그렇습니다. 잘 알지요. 여기 취운루에서 화사 어르신을 모르는 사람이 누가 있겠습니까?"

홍화의 말에 추재는 잠시 생각에 잠겼다가는 고개를 끄덕였다.

"하긴, 서화를 거간하는 사람이 도화서 나리들이 뻔질나게 드나드는 이곳을 드나들지 않았을 리 없지."

추재는 너털웃음을 터뜨렸다.

"예, 그렇습니다. 그 분과는 대체 어떤 사이이신지요?"

홍화는 조심스럽게 다시 물었다.

"아무런 사이도 아니지. 허나 앞으로는 깊은 인연을 맺을 사이네. 그러니 당장 사람을 보내 데려오시게. 오늘 술값은 그가 낼 것이야."

추재의 말에 홍화는 당황했다. 술값도 없이 감히 이 취운루에 들었단 말인가? 낮에 있었던 그 호기가 모두 거짓이었다는 말인가? 만약 그것이 사실이라면 오늘 이 사람은 크게 경을 치고 말 것이었다.

"아니, 술값도 없이 이 취운루에 들었답니까?"

홍화의 호들갑에 추재는 취한 눈을 게슴츠레 들었다.

"술값이 없다니, 말하지 않았는가? 화사가 지불할 거라고."

추재의 계속되는 엉뚱한 소리에 홍화는 기가 막혔다.

"여기는 다른 기방과는 다른 곳입니다. 술값을 내지 않고는 버티지 못하실 겁니다. 만약 그렇지 못하면 험악한 검계에게 어떤 봉변을 당하실지 모릅니다. 어찌 그런 어리석은 짓을 하셨는지요?"

홍화는 이제 안타까운 목소리로 추재를 나무랐다.

"그러니 화사를 불러달라는 것이 아닌가?"

추재의 거듭되는 말에 홍화는 그저 답답하기만 했다.

"그분이 술값을 지불한다는 약조라도 하셨는지요?"

"그래, 그가 오기만 하면 나를 보고 반가워 일 년치 술값이라도 내줄 것이네."

당당한 추재의 말에 홍화는 고개를 갸웃했다. 반신반의했던 것이다. 하긴 믿는 구석이 있으니 이 사람이 이렇게 큰 소리를 치는 것이 아니겠는가?

"화사가 나를 찾아와 흥정을 했다네. 그런데 내가 거절을 했지. 생각해 보겠다는 말로 사양을 한 것이네. 그런데 이제 나의 마음이 바뀌었으니 그가 이런 사실을 알기만 하면 지금 당장 달려올 것이네. 그러니 당장 사람을 보내시게. 이 추재가 마음을 정했다고, 취운루에서 기다리고 있다고 하기만 하면 그가 한 달음에 달려올 것이네."

추재의 진지한 말에 홍화는 무언가 있음을 알고 사람을 불렀다. 그리고는 추재의 말을 화사에게 전하게 했다.

새벽녘이 되어서야 화사는 허겁지겁 취운루에 들어섰다.

"어디 있는가?"

화사의 다급한 물음에 그를 부르러 갔던 심부름꾼이 그를 추재에게로 안내했다.

"어서 오시지요."

들어서는 화사를 추재는 반갑게 맞아들였다. 혹시나 했던 홍화는 놀라지 않을 수 없었다. 화사가 새벽녘에 한 달음에 달려올 정도로 이 사람이 그렇게도 소중한 사람이었던가? 하고 다시 쳐다보게 되었다.

"허, 어찌 이런 곳에서 술을 드시고 계셨소?"

화사는 언짢은 표정으로 홍화를 쳐다보았다.

"자네는 손님을 이렇게밖에 대접하지 못하는가?"

화사의 핀잔에 홍화가 난색한 얼굴을 했다.

"왜 그러십니까?"

추재는 난데없는 핀잔에 홍화와 화사를 번갈아 바라보았다.

"빨리 자운각紫雲閣에 다시 술상을 보게. 이런 누추한 곳에서 이런 분을 모시다니 자네가 눈이 있는 겐가?"

화사의 꾸지람에 난처해진 것은 오히려 추재였다.

"괜찮습니다. 진수성찬에 좋은 술을 실컷 마셨는데 이러시면 오히려 제가 미안해집니다."

"아닙니다. 그래도 추사의 제자이자 이재 권돈인 대감과 우봉 조희룡 어르신의 제자이신 분을 이렇게 대접해서야 쓰겠습니까?"

화사의 말에 홍화는 깜짝 놀랐다. 천하의 추사요 조선의 우봉과 이재였다. 그녀는 놀란 눈으로 추재를 다시 한 번 쳐다보고는 서둘러 방을 나섰다.

홍화가 방을 나가자 화사는 주변을 한 번 둘러보고는 추재를 향해 자리를 바짝 당겨 앉았다.

"그래 결정을 하셨다니 정말 잘 하셨습니다."

화사는 개기름이 번지르르 흐르는 얼굴을 들이밀며 은근한 목소리로 추재의 결정을 반겼다.

"생각해 보니 화사의 말씀이 맞는 것 같습니다. 나를 알아주는 사람과 함께 하는 것이 저를 위해서도 바람직할 것이며 그것이 또한 즐겁고 편안한 길임에야 그 길을 택할 밖에요."

"그렇습니다. 즐겁고 편안한 길이 있는데 굳이 힘들고 험난한 길을 무엇 하러 간단 말입니까? 알아주는 사람도 없고 또한 알아준다 한들 어찌겠습니까? 지금 이 시간, 그저 편안함과 즐거움으로 인생을 즐기며 보낼 수 있다면 그보다 더 의미 있는 삶도 없을 것입니다."

"제게 큰 깨우침을 주셨습니다. 앞으로 힘껏 도와 함께 하겠습니다."

추재의 말에 화사는 미소를 지어보였다. 그리고는 주변을 다시 한 번 훑어보았다.

"이런 사람들하고는, 조선 최고의 서화가를 겨우 이런 곳에 모시다니."

화사는 말끝에 혀까지 차댔다.

추재는 의아했다. 자신이 생각하기에는 그래도 편안하고 좋은 방이건만 화사가 왜 그렇게 홍화에게 핍박을 주며 또 혀까지 차대는지 알 수가 없었던 것이다.

"화사나리. 준비가 되었습니다. 자리를 옮기시지요."

밖에서 아리따운 목소리의 기녀가 준비가 되었다며 화사를 불렀다.

"자! 가시지요. 자리를 옮겨 다시 한 잔 하시지요."

추재는 밤새 마신 뒤라 피곤하고 힘에 겨웠지만 화사가 다시 권하니 자리를 일어서지 않을 수 없었다.

"예, 그러시지요."

대답을 마친 추재는 자리를 일어서려 했으나 마음뿐이었다. 몸이 생각처럼 말을 듣지 않았던 것이다. 몸을 제대로 가누지 못해 비틀거리며 크게 넘어지고 말았다. 화사는 껄껄 웃으며 추재를 부축해 일으켰다.

"무엇하느냐, 어서 들어와 나리를 모셔라."

화사의 말에 밖에 서있던 기녀가 화들짝 놀라 뛰어 들어왔다. 그리고는 서슴없이 추재를 부축해 일으켰다. 여인의 분내가 수 있습니다."

추재는 믿기지 않는다는 눈으로 화사를 올려다보았다.

"화사 어르신께서 그렇다면 그러실 겁니다. 이 조선팔도에서 화사 어르신만큼 믿음이 있는 분도 없지요. 또 그럴만한 능력도 있으시고요."

매란도 옆에서 거들었다.

"자! 들어갑시다. 예서 이렇게 떠들고 있다가는 다른 방에 계신 분들께 실례가 됩니다."

화사의 말에 추재는 매란의 부축을 받으며 방으로 들었다. 자리가 정해지고 앉자 추재는 물었다.

"다른 방에 있는 객들은 대체 어떤 사람들입니까?"

"저쪽 끝 방에는 도화서 사람들이 제조이신 판서대감을 모시고 있습니다. 그리고 그 옆으로는 의금부 나장들이 있고요."

매란의 말에 추재는 정신이 번쩍 들었다. 그렇다면 자신을 보고도 아는 척하지 않던 오원도 그곳에 있을 것이었다. 순간 추재는 벗의 배신에 대한 분노로 술기운이 확 달아났다.

"도화서라면? 감찰나리도 와 계시겠구먼?"

화사가 물었다.

"예. 제조대감을 모시고 계십니다."

매란의 대답에 추재는 더욱 자존심이 상했다.

"옆방에 누가 와 있은들 무슨 소용이 있습니까? 자 술이나 드시지요."

화사는 잔을 권했다.

"그러시지요. 제가 먼저 한 잔 올리겠습니다."

눈치 빠른 매란이 화사를 거들었다. 두 사람이 연거푸 잔을 권하자 추재도 들지 않을 수 없었다. 하지만 머릿속은 여전히 오원에 대한 생각으로 가득 차 있었다.

매란은 섬섬옥수 고운 손을 들어 술을 따랐다. 그녀의 팔을 따라 맑은 이슬이 떨어져 내렸다. 잔을 채우고 분위기가 무르익어갔다. 그때 또 다른 기녀가 방에 들어섰다. 자운각을 책임지고 있는 행화杏花였다.

"죄송합니다. 화사어른."

행화는 방문을 열기 무섭게 머리부터 조아렸다.

"어서 오시게. 내 그러지 않아도 자네를 좀 봤으면 했네."

화사의 말에 행화는 더욱 몸 둘 바를 몰라 했다.

"저희가 눈이 없어 어르신을 제대로 알아 뵙지 못했습니다. 용서하소서."

행화는 추재를 향해 사과의 말을 건넸다. 그리고는 다소곳이 자리에 앉았다.

"아무리 그래도 그렇지, 사람을 보는 눈이 그래서야 어디 장사를 할 수 있겠는가?"

"화사어르신, 그러니 이 행화가 사죄를 드리는 것 아니겠습니까? 부디 용서하소서."

"이분이 뉘신지 알기는 아는가?"

화사의 물음에 행화의 대답이 더욱 짧고 작아졌다. 미안함 때문이었다.

"예, 전해 들었습니다."

"들어서 알겠지만 추사와 이재 그리고 우봉의 제자분이실세. 그분들이 계시지 않는 지금, 과연 누가 조선서화에 있어 으뜸이라고 생각하는가? 저기 와 계시다는 도화서의 감찰 오원나리라고들 말하나 내가 보기에는 그렇지 않네. 오원이야 우봉의 제자이신 혜산어르신의 제자일 뿐이지 않은가? 하지만 여기 추재는 추사는 물론 이재와 우봉 모두의 제자일세. 그런 분을 으뜸이라 하지 않는다면 대체 누굴 으뜸이라고 해야 한단 말인가?"

화사의 말에 매란도 행화도 고개를 끄덕였다. 추재는 겸연쩍은 얼굴로 연신 도리질을 해댔다.

"어찌 그런 소릴 들을 수 있겠습니까? 이름 없이 시정市井에 떠도는 사람을 그리 추켜세우시면 곤란합니다. 얼굴을 들 수가 없습니다. 그만 하시지요."

"아닙니다. 화사 어르신의 말씀이 옳습니다."

행화도 나서 거들었다.

"소첩이 어르신께 그림 한 점을 부탁드려도 되겠습니까?"

곁에서 조용히 듣고 있던 매란이 배시시 웃으며 추재를 유혹해댔다. 그런 그녀의 모습에 추재는 가슴이 울렁거리지 않을 수 없었다.

"취하기는 했으나 자네를 위해서라면 내 기꺼이 붓을 들어보겠네."

추재는 그렇지 않아도 오원에 대한 분노로 붓을 들어 볼 참이었다. 그런데 때마침 매란이 그림을 그려 달라 부탁하자 기다렸다는 듯이 붓을 찾았다.

"매란이한테 반하셨나 봅니다."

행화는 눈웃음을 지으며 화사를 바라보았다.

"잘 보시게. 조선 최고의 붓일세."

매란은 곧 일어서 지필묵을 준비했다. 그리고는 먹을 갈고 종이를 펼쳐놓았다.

추재는 자리를 일어서 매란이 준비한 자리로 옮겨 앉았다. 그리고는 좌정한 채 지그시 눈을 감았다. 추재의 머릿속에 수많은 생각들이 스쳐지나갔다. 오원에 대한 분노가 추재의 가슴을 아프게 했다. 자신이 오원의 입장이었다면 자신은 그렇게 하지 않았을 것이다. 나서서 어떻게 하든 벗의 모욕을 모면하게 해 주었을 것이다. 그 순간 또 다른 생각이 추재를 혼란스럽게 했다.

'벗에게 혹 말 못할 사정이라도 있었다면······'

생각이 이에 미치자 추재의 심경에 변화가 일었다. 그럴 것이다. 벗은 그랬을 것이다. 그렇지 않고서야 어찌 자신을 모른 척 했겠는가?

벗을 다시 한 번 믿기로 했다. 그러자 벗에 대한 원망과 분노가 녹아들었다. 마음은 훈훈해지고 은근한 술기운으로 얼굴까지 다시 달아올랐다.

추재는 붓을 들었다. 그리고는 앞에 앉은 매란을 쳐다보았다. 갸름한 얼굴에 분단장을 곱게 한 얼굴이 예뻤다. 배시시 웃고 있는 모습이 기방에서 싼 웃음이나 팔고 있는 그런 여인 같지가 않았다. 엷은 옥색 저고리에 다홍치마가 잘 어울리는 여염집 처녀만 같았다.

"자네가 매란이라 했는가?"

"예, 나리. 고절한 매화가 피고 난이 향기를 머금었다 하여 매란이라 했사옵니다."

추재는 말없이 고개만 끄덕였다. 그리고는 붓을 묵지에 담가 진한 묵을 듬뿍 먹였다. 이어 거침없이 붓을 대었다.

붓은 흰 종이 위에 엄동설한을 그려냈다. 거친 바위가 솟고 눈이 쌓였다. 그리고 그 아래로 혹한을 이기는 난이 피어났다. 난 잎은 정갈했으며 꼿꼿했다. 이른 꽃잎은 눈 속에서도 깊은 향기를 머금었다. 거침없이 그어지는 선에 화사도 행화도 그저 황홀할 뿐이었다. 이처럼 빠른 필치로 거침없이 그려내는 난은 처음이었다. 빠르다고 해서 부족하거나 미치지 못하는 것도 아니었다. 더없이 뛰어나기만 했다. 기품과 고절한 아취를 절로 풍기는 뛰어난 솜씨였던 것이다.

추재는 다시 먹을 먹인 다음 바위 아래에 매화를 심기 시작했다. 굵은 둥치가 세워지고 작은 가지가 솟아났다. 여백을 고려한 배치가 돋보였다.

검은 가지 위로 쌓인 눈과 가지 사이로 흩날리는 눈발, 거기에 피어난 붉은 꽃잎이 절묘한 조화를 이뤄냈다. 매화의 아취고절을 절로 느끼게 했다.
"역시 추재이십니다."
"이런 거침없는 붓질은 처음이옵니다."
"대단한 필력이십니다."
지켜보던 세 사람은 감탄을 연발했다.

5

드러나는 음모

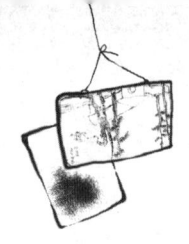

"여기 있는 책은 보시면 안 됩니다. 나가 주세요."

난데없는 소리에 지환은 깜짝 놀랐다. 해동화사에 몰입되어 있다 그만 사서가 다가오는 것도 모르고 있었던 것이다.

"아직 정리도 되지 않은 책들입니다. 여기서 이러고 계시면 곤란합니다."

사서는 지환을 의심의 눈초리로 바라보았다.

"예, 죄송합니다."

사서의 말에 지환은 해동화사를 접고는 자리를 일어섰다.

"여기 있는 책들은 함부로 건드리시면 안 됩니다. 지금 정리 중이니 나중에 다시 오셔서 보세요."

지환은 망설이다 입을 열었다.

"이 책 말입니다. 복사할 수 없을까요?"

지환의 물음에 사서는 고개를 갸웃하더니 손을 내밀었다. 책을 달라는 뜻이었다. 지환은 책을 건넸다. 책을 받아든 사서는 고개를 가로저었다.

"죄송하지만 이 책은 그럴 수 없습니다."

단호한 거절에 지환은 아쉬움이 잔뜩 묻어나는 소리로 물었다.

"왜 그렇죠?"

사서는 보라는 듯 책을 내밀며 책표지에 붙어있는 붉은 라벨을 가리켰다.

"여기 라벨이 붙어있지 않습니까? 이 라벨은 일급 분류입니다."

지환이 미처 보지 못한 것이었다.

"일급 분류라면?"

"밖으로 유출할 수 없는 책이죠. 내용이 특별하다거나 아니면 국보급 내지는 최소한 보물급이란 얘기죠."

사서는 말을 마치고는 다시 한 번 책을 훑어보았다.

"해동화사?"

제목을 중얼거린 사서는 천천히 책장을 넘겼다. 그리고는 진지한 눈빛으로 책을 훑어보았다. 사서의 눈빛이 점점 놀람으로 물들어갔다. 고개까지 끄덕였다.

"이런 내용이니 일급으로 지정해 놓을 수밖에."

책장을 넘기며 혼자서 중얼거려대기까지 했다. 지환을 의식하지도 않는 듯 했다.

"언제쯤 다시 볼 수 있을까요?"

몸이 달은 지환이 다시 묻자 사서는 단호하게 답했다.

"이것은 어쩌면 다시 볼 수 없을지도 모르겠습니다."

사서의 예기치 못한 대답에 지환은 애가 탔다.

"다시 볼 수 없다니요?"

"일급으로 지정된 책들은 곧장 지하수장고로 들어갑니다. 그리고 특별히 학자들이나 국책연구기관에서 연구용으로 필요할 때나 공개되고 그렇지 않은 경우는 공개되는 경우가 거의 없습니다. 이 책은 그럴 가능성이 매우 높은 책이네요."

"그렇게 소중한 책을 이런 곳에 이렇게 방치해 둡니까?"

지환은 의아한 눈초리로 둘러보며 물었다. 아무렇게나 나뒹굴고 있는 책들하며, 국보급을 다룬다하기에는 너무나도 허술해보였기 때문이다.

"방치하다니요? 누가 방치했다고 그러십니까? 출입금지 구역에 마음대로 들어와서 책을 보신 게 누군데 그런 말씀을 함부로 하십니까?"

핀잔을 주는 사서의 목소리가 자못 흥분되어 있었다. 자신의 근무태만 책임을 모면해보기 위한 방어행위인 듯 하기도 했다.

"그게 아니라……"

지환이 변명을 하기도 전에 사서는 다시 쏘아붙였다.

"저기 출입금지 명패가 보이시지 않습니까?"

사서가 가리키는 곳에는 붉은 글씨의 작은 명패가 출입금지를 명령하고 있었다. 그러나 유심히 보지 않는다면 그 명령은 있으나 마나한 것이었다.

"잠깐 자리를 비운 사이 허락도 없이 출입금지 구역을 들어오신 분이 누구신지 생각해 보신다면 그런 말씀은 하시지 못할 겁니다."

사서의 쏘아붙임에 지환은 할 말이 없었다. 그저 미안할 뿐이었다.

"알겠습니다. 죄송합니다. 제가 미처 보지를 못했습니다."

공손히 사과를 한 지환은 못내 아쉽다는 듯 사서의 손에 들린 해동화사를 다시 한 번 바라보았다. 그러자 사서도 자신의 행동이 지나쳤다 싶었던지 목소리를 낮췄다.

"그만 나가 주시죠."

사서의 재촉에 지환은 발길을 돌리지 않을 수 없었다.

"그 책을 잠깐 보는 것도 안 될까요?"

지환의 간절한 부탁에도 사서는 냉정했다.

"안됩니다. 말씀드렸다시피 이 책은 공개가 금지되어 있는 일급지정 도서입니다. 제 권한으로는 누구에게도 열람시켜 드릴 수 없습니다."

"그럼 어느 분께 부탁을 드려야 볼 수 있을까요?"

"글쎄요. 그건 저도 모르겠는데요. 하지만 꼭 보고 싶으시다면 그건 제가 알아봐 드리지요."

사서는 미안했던지 약간의 배려를 남겨두었다. 지환에게는 들던 중 반가운 소리였다.

"그럼 알아봐 주시겠습니까? 꼭 봐야 할 것 같은 책이거든요. 앉아서 좀 보기는 했는데."

"예, 그러시지요. 그럼 내일 다시 한 번 방문해 주세요. 알아봐 드릴게요."

"감사합니다. 그럼 내일 이맘때쯤에 다시 찾아뵙겠습니다."

지환은 정중히 인사를 하고는 고문서실을 빠져나왔다. 쾌쾌한 종이냄새가 지환의 뒤를 따라 나갔다.

지환은 곧장 탐매 송계하를 찾아갔다. 놀라운 이야기를 알고 있는지 묻고자함이었다. 박찬석 교수는 안다 해도 사실대로 말해주지 않을 것만 같았다. 그래서 탐매 송계하를 먼저 찾아갔던 것이다.

지환의 이야기를 들은 탐매는 심각한 얼굴로 생각에 잠겼다. 그리고는 한참만에야 입을 열었다.

"둘 중에 하나야. 책이 가짜든가 아니면 사실이 은폐된 거지."

"책이 가짜라니요?"

"그렇잖나. 그런 책이 있었다면 어딘가에 언급된 적이 있었을 텐데, 해동화사란 책은 들어본 적이 없거든. 누군가 일부러 혼란을 주기 위해 만들어놓은 가짜일 수도 있다는 얘기지."

"예에. 그럼 은폐되었다는 말씀은?"

"사실이지만 내용이 너무 충격적이다 보니 언급 자체를 회피한 거지. 입 밖에도 내지 마라. 뭐, 그런 거 아니겠어? 어떤 책인지 궁금한데?"

탐매는 몹시 궁금하다는 듯 말끝에 입맛까지 다셔댔다.

"그럼 추재秋齋 윤증후尹烝厚라는 인물에 대해서는 어떻게 생각하시는지요?"

"마찬가지야, 들어본 적도 없고 보지도 못했어. 다만 추재 조수삼은 있지. 너도 알거야. 추사의 제자였던."

"예, 알고 있습니다. 하지만 그 추재와는 전혀 다른 인물인걸요."

"그래, 그러니 그 추재는 젖혀놓고 생각을 해야지. 선우량이라는 인물도 마찬가지야. 해동화사라는 책도 그렇고."

탐매는 깊은 생각에 잠겼다.

"그런 인물이, 더구나 그 책대로라면 대단한 인물인데, 역사를 새로 써야 할 만큼 중요한 인물인데 어떠한 책에도 언급이 없다는 것은 사실과 다를 가능성이 크다고 봐야지."

"그럼 가짜라는 생각에 무게를 두시는군요?"

"아냐, 꼭 그렇지만은 않아. 아까 말한 대로 철저히 은폐시켰다면 가능한 일이기도 하지."

이것도 저것도 아니라는 말에 지환은 혼란스러웠다.

"좀 더 알아봐야 할 거 같다. 해동화사란 책도 그렇고 추재秋齋 윤증후尹烝厚라는 인물도 그렇고. 추재라, 추재."

탐매는 추재를 되뇌며 또 다시 골똘히 생각에 잠겨들었다.

잠시 후, 탐매는 생각났다는 듯 고개를 번쩍 쳐들며 소리쳤다.

"그렇지. 촌은구적邨隱舊蹟! 그래, 그거야!"

탐매의 외침에 지환은 깜짝 놀랐다.

"추사의 글씨 중에 판단 유보해 놓은 작품들이 있지. 추사가 쓴 것이냐 아니냐를 놓고 의견이 분분한 것들 말이야. 그 중에 촌은구적이란 글씨가 있는데 그런 것들이 추재와 같은 인물이 쓴 것은 아닌지 모르겠다."

"촌은구적이라고요?"

"그래. 관서도 없고 도인도 없는 작품이지. 글씨만을 갖고 판단하려니 긴가민가한 거야. 그래서 학계에서나 미술계에서나 모두 판단유보 해 놓은 상태지."

"하지만 그건 이미 추사의 글씨로 판명이 난 것으로 알고 있는데요."

"많은 사람들이 그렇게 판단은 하고 있지만 그건 확실한 게 아니야. 어떤 사람들은 절대 아니라는 데 무게를 두고 있기도 하지."

"선생님께서는요?"

지환의 물음에 탐매는 빙긋이 웃음을 머금었다. 그리고는 답했다.

"나도 판단 유보야. 그런 작품은 함부로 말할 수 있는 게 아니거든. 그런데도 마치 자신들이 쓰는 것을 보기라도 한 듯 말하는 사람들이 있어. 얼마나 무모하고 어리석은 짓인지 몰라. 그런데 네 말을 듣고 보니 아마도 그런 것들이 추재라는 양반이 쓴 것은 아닌지 모르겠다. 차마 관서와 도인은 하지 못했던 거지. 양심상."

탐매의 말에 지환은 고개를 끄덕였다.

"옛사람들이 글씨를 쓰거나 그림을 그리면서 가장 소중하게 여겼던 것이 바로 바른 마음이잖아. 그런데 남의 글씨로 팔아먹으려니 양심이 걸려 차마 관서나 도인은 하지 못했던 거야. 그것도 스승의 글씨로 팔아먹으려니 그렇지 않았겠어?"

"예, 그럴 수도 있겠군요."

"은지법신銀地法臣과 춘풍대아春風大雅도 아마 그런 걸 거야. 절집과 부처를 상징하는 말로 추사의 글씨 중에 가장 괴하게 쓴 글씨 중의 하나라는 게 은지법신이잖아. 그것도 관서는 물론 도인도 없어. 누군가 추사를 흉내 내기 위해 쓴 것 중의 하나일 수 있다는 얘기지."

탐매의 말에 지환은 더욱 놀랐다. 눈까지 크게 떴다.

"촌은구적은 물론 은지법신 거기에다 춘풍대아까지 모두 가짜란 말씀입니까?"

"가짜라고는 안했다. 그럴 가능성이 있다는 얘기지. 왜냐면 추사는 자신의 글씨에 큰 자부심을 갖고 있었기에 글씨를 쓰고 나면 언제나 관서를 하는 습관이 있었다고. 자신의 글씨에 책임을 지겠다는 뜻이기도 하지."

지환은 이해하겠다는 듯 고개를 끄덕였다.

"다시 말하자면 수준이 떨어지는 글씨로 후세 사람들이 자신을 모방해 자신의 체면을 떨어뜨리는 일을 미연에 방지하겠다는 뜻이지. 그래서 관서나 도인이 없는 작품들은 그럴 가능성이 매우 큰 거야."

"모방하려는 사람이 그 정도 의도가 있다면야 도인이야 그렇다 쳐도 관서까지 모방할 수 있지 않을까요?"

지환의 물음에 탐매는 자세를 고쳐 잡고는 다시 입을 열었다.

"너는 고서화계에서 밥을 먹고 있으면서 아직도 그걸 모르고 있었니? 글씨나 그림은 어느 정도 흉내가 가능하지만 관서는 그리 쉬운 게 아니야. 그 사람 특유의 운필법을 제대로 익히지 않으면 절대 불가능한 거라고. 싸인도 그렇잖니. 글씨와 싸인은 다르잖아."

탐매는 핀잔을 주듯이 지환에게 말을 던졌다.

"하긴 그렇군요."

지환은 시무룩이 고개를 끄덕였고 탐매는 한숨을 몰아쉬었다.

"그렇다면 이건 보통 문제가 아닌데요."

"그러니까 요지경세상이라는 거야. 너도 알다시피 우리 고서화계가 얼마나 엉망진창이냐. 출처를 알 수도 없는 그림을 구해다가는 눈깔을 박아서 [63]삼재三齋의 그림이니 [64]삼원三園의 그림

---

[63] 삼재: 겸재 정선, 현재 심사정, 관아재 조영석
[64] 삼원: 단원 김홍도, 혜원 신윤복, 오원 장승업

이니 하면서 팔아먹고. 또 그런 그림들이 버젓이 경매에 나오는가 하면 집중 조명을 받고 난리들이잖아."

탐매는 가늘게 눈을 뜬 채 연신 입맛을 다셔댔다.

"그나저나 그것을 어떻게 구해본다?"

"뭐, 방법이 있겠지요. 내일 다시 가보면 알 수 있지 않을까요?"

느긋하기만 한 지환의 말에 탐매는 눈을 살짝 흘긴 채 혀까지 차댔다.

"이렇게 순진하기는, 참. 누차 얘기했지만 그런 것들은 일반인의 눈에는 쉽게 보여 질수 있는 게 아니라고. 네가 운이 좋아 우연히 본 거지. 아마도 내일 가보면 알겠지만 언제 그런 일이 있었느냐는 듯, 널 소 닭 쳐다보듯이 할 거다 아마."

탐매의 말에 지환은 고개를 갸웃했다. 하지만 생각해보니 그럴 수도 있겠다 싶었다.

"아! 시간도 괜찮으니 서화대전書畵大展에나 가보자."

"국립미술관에서 하고 있는 전시요?"

"그래, 가보면 배울 게 있을 거야."

탐매는 지환을 데리고 국립미술관으로 향했다. 조선시대 대표 작품 전시회가 열리고 있었다. 미수 허목의 전서로부터 표암 강세황의 산수화, 추사의 글씨와 난, 그리고 이당 김은호의 신선도까지 한 시대를 풍미했던 대표 작가들의 작품이 모두 망라되어 있었다. 지환은 실로 눈이 호강을 하는 날이라 생각했다.

어디에 먼저 눈을 두어야 할 지 몰랐다.

"이게 또 나왔군 그래."

탐매는 혀까지 차댔다. 지환은 궁금해 물었다.

"또 나오다니요?"

오원 장승업의 그림이었다.

"봐라, 멀리 있는 산은 [65]황공망의 필법을 흉내 내려 했으나 미치지 못하고 가까이 있는 나뭇가지는 활달함이 떨어지고 있지. 또한 구도에 짜임새도 없어. 장승업이라면 결코 이렇게 허술하지 않지."

탐매의 말에 지환은 세심히 살폈다. 그렇게 들어서 그런지 진짜 그럴 듯 했다. 아니, 분명 무언가 다르기는 했다.

"저게 진짜 오원의 그림이다. 비교해 봐라."

탐매가 가리키는 곳에 귀거래도歸去來圖가 있었다. 두 작품을 비교해보니 과연 그랬다. 지환은 고개를 끄덕였다.

"붓의 움직임만 봐도 대번에 알 수 있잖니."

"예, 뭔가 다르다는 것이 눈에 보이기는 합니다. 그러나 아직 그것이 무엇인지는 확연히 알지 못하겠습니다. 선생님 말씀을 들어서 그런지 그렇게 보이기도 하는군요."

"그럼, 다른 것을 다시 보자."

탐매는 지환을 이끌고 다른 작품 앞으로 갔다.

---

[65] 황공망: 호는 대치. 오진, 왕몽, 예찬과 함께 원말 4대가의 한 사람으로 남종 문인화의 대가. 기품 있고 수려한 필법을 썼음.

"이걸 추사의 글씨라고 내 놓았으니. 참, 한심해 말도 나오지를 않는다."

지환이 보기에는 점획의 정확성이나 운필의 적합성 그리고 필획의 세련미까지 어느 것 하나 부족한 것이 없어보였다. 그런데도 탐매는 한심하다는 듯 연신 혀를 차댔다.

"선생님, 제가 보기에는 추사의 글씨가 맞는 것 같은데 무엇 때문에?"

탐매는 혀를 차는 것도 모자라서 고개까지 흔들어댔다. 그리고는 단호하게 입을 열었다.

"추사는 이런 먹을 쓰지 않아."

"먹이라니요?"

"봐라, 이런 흐린 먹으로 추사를 흉내내려 하다니. 필법은 그럴듯하게 따라 했지만 추사의 성품을 몰라도 한참 모르는 사람이 꾸며낸 엉터리다."

지환은 그제야 지난번에 들은 이야기가 떠올랐다.

"추사는 늘 [66]초묵焦墨을 썼지, 아주 짙은 먹이 아니면 붓을 들지도 않았어. [67]묵법변에 보면 추사가 글씨를 쓰는데 먹을 얼마나 중요시 했는지 잘 나타나 있잖니."

"완당전집에 실려 있는 그 묵법변을 말씀하시는군요?"

"그래, 너도 알다시피 추사는 먹을 최고로 쳤고 그 다음이 벼

---

66 초묵: 끈적끈적할 정도로 갈아진 진한 먹물.
67 묵법변: 먹의 중요성을 논한 추사의 글.

루, 종이 또 그 다음을 붓으로 쳤지. 사람들은 대개 붓을 최고로 여겼으나 추사는 그렇지 않았잖니."

지환은 그제야 생각났다는 듯 고개를 끄덕였다.

"봐라, 이 획이 겹치는 부분이 이렇게 드러날 정도로 흐린 먹으로 써놓고는 추사의 작품이라고 우기고 있으니 모르는 사람들이야 그렇다고 고개를 끄덕이겠지. 하지만 묵법변을 읽어본 사람이라면 누가 이걸 추사의 작품이라고 인정을 하겠니. 아무리 글씨를 그럴듯하게 써놓아도 추사의 필법을 아는 사람에게는 어림도 없는 일이지."

지환은 고개를 끄덕였다. 탐매의 얘기를 듣고 나니 확연히 눈에 들어왔다. 실로 엉성하기 짝이 없는 추사의 위작이었다. 획과 획이 겹치는 부분에 붓 자국이 또렷이 드러나 있었던 것이다. 추사의 진작과 비교해 보니 더욱 뚜렷했다.

탐매와 지환은 전시된 서화작품을 감상하며 자리를 옮겼다. 전시품 중에 [68]간찰 몇 작품도 눈에 띄었다. 그 중에는 추사의 것도 있었다.

"이런, 가는 날이 장날이라고. 추사가 [69]조수삼에게 보낸 편지가 여기 있구나."

탐매는 반갑다는 듯 손을 들어 가리켰다. 과연 전시된 간찰 중에 추사의 것도 있었다. 그런데 추사의 것은 특별히 따로 전

---

[68] 간찰: 죽간과 목찰에 적은 글이란 뜻으로 편지를 가리킴.
[69] 추재 조수삼: 송석원시가의 핵심적인 인물로 추사의 제자임.

시가 되어 있었다.

"역시 추사야."

탐매는 흐뭇한 얼굴로 고개를 끄덕였다.

"추사의 간찰만 이렇게 따로 전시한 이유라도 있습니까?"

지환은 궁금하다는 듯 물었다.

"그럼, 추사의 간찰은 다른 사람들 것과는 다르지. 특히 한문 간찰은 시중에서 열배로 보면 돼."

"열배라니요?"

지환의 물음에 탐매는 답답하다는 듯 지환을 한 번 쳐다보고는 입을 열었다.

"값이 비싸다는 얘기지. 실제로 다산이나 석파, [70]자하 신위, [71]이당 조면호 등의 간찰보다 열배 높은 가격에 거래가 되고 있어."

탐매는 고개를 숙여 간찰을 읽어 내려갔다. 지환도 따라 읽었다. 간찰의 내용은 추사가 추재 조수삼에게 벼루를 보내달라는 내용이었다.

"꽤나 외로우셨을 때 쓴 간찰이야, 추재 조수삼을 어여삐 여기기도 했지만. 해학이 넘치는 간찰이지 않니? 벼루를 핑계로 외로움을 달래보고자 하는 마음이 여실히 드러나 있잖아?"

---

[70] 자하 신위: 조선후기 문신으로 시서화에 능해 삼절로 불렸으며 추사파의 일원임. 특히 묵죽에 뛰어났음.
[71] 이당 조면호: 추사의 제자이자 척질로 글씨에 조예가 깊었음.

"예, 그런 어려운 상황에서도 이런 웃음을 보일 수 있다는 것이 어쩌면 추사라는 분의 인품을 다시 한 번 생각하게 합니다."

"그래, 두 번의 유배와 그야말로 끈 떨어진 사대부의 고통이 추사로 하여금 달관의 경지에 이르게 했다고나 할까? 뭐 그런 거겠지."

간찰을 둘러보고 옆으로 모퉁이를 돌자 편액이 전시되어 있었다. 원교 이광사와 창암 이삼만 그리고 추사의 편액도 있었다.

"일산이수정 편액이로군."

태산을 누르고 장강을 거머쥔 듯 했다. 먹빛이 유난히도 빛났다. 좋은 글씨였다. 획은 가벼우나 경박하지 않았고 유려한 한 일一자는 부드럽게 흐르는 선이 사람의 마음을 잡아끌고 있었다. 지환은 탄식을 쏟아냈다.

부드러운 한일一자와 어울리는 뫼산山자는 흐르는 물처럼 하나의 산으로 굽이쳐 솟아 있었다. 그 옆으로 두이二자는 마치 강직한 쇳조각처럼 굳센 필치가 부드러운 일산一山과 잘 어울렸다. 유柔와 강强 조화였다.

거꾸로 세워 놓은 듯한 송곳과 같은 획으로 내리그은 부드러운 필치의 수水자는 강함과 부드러움을 동시에 담아내고 있었다. 마지막 정亭자는 조화를 부려 멋을 내고 있었다. 마지막 획을 과하게 틀어 올려 멋을 냈던 것이다. 마치 반항이라도 하듯 하늘을 향해 꺾어 올린 획은 '사람들아! 이 추사가 어떠하냐?'

하고 묻는 것만 같았다.

"대단합니다."

지환은 그 한 마디밖에는 내뱉을 수가 없었다.

"추사의 고향인 예산에 있는 정자 이름이다. 추사가 초청을 받아 가서 지은 이름이지. 일산이수정-山二水亭. 하나의 산에 두 물이 흐르고 있는 그 지형을 따서 지었어."

"그렇군요."

"그런데 말이다. 이걸 한 번 봐라."

탐매가 가리키는 곳에 노과老果라는 추사의 호가 있었다.

"추사의 호 아닌가요? 노과."

"그렇지, 그런데 문제는 이게 미스터리한 거야. 이 편액을 쓴 것이 제주도 유배에서 풀려난 다음해인 1849년인데 여기에 쓰인 관서는 노과거든."

"노과라면 추사가 과천시절에 쓴 호가 아닌가요?"

"그렇지, 그게 바로 미스터리야. 편액은 분명 제주에서 해배된 다음해에 쓴 것이 분명한데, 거기에 쓴 관서는 말년 과천시절의 호가 쓰여 있으니."

"그렇군요. 거기에 대한 얘기들은 어떤가요?"

"몇 가지 얘기들이 있기는 하지. 어떤 사람은 노과라는 호가 이미 제주 시절부터 사용되어진 것이라고도 하고 또 어떤 사람들은 과천시절에 다시 써서 보내 준 것이라고도 하고. 하지만 어떤 것이 정확한 건지는 몰라. 그런걸 보면 우리가 알지 못하는 무언가가 아직도 산적해 있다고. 더 연구가 필요한 거지."

지환은 들을수록 알 수 없는 것이 더 많았다. 궁금하기만 했다.

"가짜 그림과 글씨들이 버젓이 전시회에 내걸린 이유야 돈 때문에 그렇다 쳐도 저 사람들 양심은 어쩌려고 그러는지 모르겠다."

"그런 사람들이 양심이 있겠어요? 그런 게 남아 있었다면 저렇게 하지도 않았을걸요."

"하긴 그렇지."

지환의 말에 탐매는 껄껄 웃었다.

"그래도 우리 문화재나 고서화계가 얻어먹을 욕을 생각하면 끔찍하기만 합니다. 할 수만 있다면 어떻게든 이런 사실을 세상에 알려야 할 텐데."

지환의 눈빛이 반짝 빛났다.

"아서라, 괜히 그런 말 잘못했다가는 큰일 난다."

탐매는 지환의 말을 끊으며 입을 막았다. 앞에 누군가 다가왔기 때문이다.

"탐매선생."

"아, 청곡선생!"

청곡선생이라 불린 사람이 다정하게 인사를 건네 왔다. 깔끔한 외모가 퍽이나 끌리는 인상이었다.

"어떻습니까? 이번에도 부탁을 하기에 전시를 했습니다만."

"좋습니다. 선생의 소장품이야 세상이 다 인정을 하는 건데요 뭐."

탐매의 말에 청곡은 껄껄 웃음을 터뜨렸다.

"하긴 그만한 작품도 드물지요. 오원의 그림 중에 저만한 게 또 어디 있겠습니까?"

"예."

탐매는 짧게 대답했다. 입가에 쓸쓸함이 묻어나 있었다.

"좋은 작품들이 많이 나왔습니다, 이번 전시에."

탐매의 말에 청곡이 너스레를 떨어댔다.

"이번 전시는 회장님께서 특별히 주문을 하셔서 신경을 더 썼습니다. 특히나 저 추사의 일산이수정 원본은 처음 공개되는 것입니다. 아시겠지만."

"예, 아무튼 대단한 수완이십니다."

탐매의 칭찬에 청곡은 흐뭇한 미소를 연발했다.

"그럼 천천히 감상하십시오. 저는 일이 있어서 이만."

"예, 그러십시오."

청곡은 가볍게 인사를 하고는 물러갔다.

"아니, 그럼 저 가짜가 청곡선생님의 소장품이란 말입니까?"

지환의 말에 탐매는 고개를 절레절레 흔들어댔다.

"누가 아니라든. 그러니 뭐가 되겠니."

탐매는 혀까지 차댔다. 지환은 머릿속이 횅해지는 느낌이었다. 탐매가 왜 그런 말을 하는지도 이제야 알 것 같았다.

"나머지나 보고 가자."

탐매는 심난한 목소리로 발걸음을 옮겨놓았다. 지환은 말없이 따랐다. 보기 드문 명작들이 꽤나 많이 전시되어 있었다. 오원의 산수도, 노안도蘆雁圖를 비롯해 [72]김명국의 선인도仙人圖와 [73]이정의 풍죽도風竹圖 그리고 [74]김득신, [75]변상벽, [76]이암의 화조영모도, 다산과 신위의 글씨까지 그야말로 한자리에 모이기 어려운 걸작들이 모두 모여 있었다. 그 중에는 탐매로 하여금 깊은 한숨을 자아내게 하는 작품들도 더러 섞여 있었다. 지환은 옆에서 그 소리를 들으면서 다시 한 번 심각함을 깨달았다. 그리고 그런 작품들은 어딘가 모르게 어색하고 부족하다는 것을 느끼기 시작했다. 지환의 눈에도 서서히 보이기 시작했던 것이다.

이튿날 지환은 서둘러 국립도서관으로 달려갔다.

숨을 채 고르지도 못하고 고서화실로 곧장 달려갔다. 하지만 어제 그 사서는 보이질 않았다.

"저 말씀 좀 묻겠습니다. 어제 근무하시던 사서 분은 어디 계신가요?"

지환의 물음에 아가씨는 동그란 눈을 크게 뜨며 되물었다.

---

[72] 연담 김명국: 조선중기의 화원화가. 산수와 인물을 잘 그렸으며 대표작으로 달마도가 있음.
[73] 탄은 이정: 세종의 5세손으로 시와 글씨에 능했음. 특히 묵죽을 잘 그렸음.
[74] 긍재 김득신: 조선후기의 화원화가로 풍속화에 뛰어났음.
[75] 화재 변상벽: 조선중기의 화원화가로 세밀한 필치로 그린 고양이그림에 뛰어났음.
[76] 두성령 이암: 조선중기의 화가로 영모와 화조에 뛰어났음.

"어제 근무하신 사서라니요? 사서 분이 한두 분이 아니라서."

난감한 표정으로 되묻는 말에 지환은 기억을 더듬었다. 그리고는 최대한 사서의 용모를 되살려내느라 애썼다.

"긴 머리에 눈이 좀 큰 편이고요. 키는 한 이 정도하고."

지환은 손짓까지 해대며 사서의 키를 가늠해보았다.

"아! 윤희선씨요?"

아가씨의 말에 그제야 지환은 그 차갑기만 했던 사서의 이름을 알게 되었다.

"이름은 모르지만."

지환은 우물거렸다.

"저쪽 유물보존실에 계신데. 무슨 일 때문에 그러시죠?"

지환이 찾는 사서를 확인한 아가씨는 궁금하다는 듯 물었다.

"예, 해동화사란 책을 어제 보았는데 그 책에 대해서 궁금한 것이 있어서요."

해동화사란 말에 아가씨는 큰 눈을 더욱 크게 떴다.

"해동화사라고요? 그 책을 어떻게 보셨죠?"

놀라 묻는 말에 지환이 오히려 당황할 지경이었다.

"예에, 자료를 찾을까 해서 들렀다가 그만 출입금지 표식을 보지 못하고 저 안에 들어가게 되었습니다. 거기서 보게 되었죠."

지환의 말에 아가씨는 황당하다는 표정까지 지어보였다.

"그래요?"

그녀의 반문에는 다분히 기분 나쁜, 아니 보아서는 안 될 것을 보았다는 책망까지 담겨져 있었다.

"어제 사서분의 말에 의하면 함부로 공개하는 것이 아니란 얘기를 들었습니다. 하지만 내용을 조금 보니 듣도 보도 못한 전혀 새로운 사실이라서."

지환이 말을 채 끝내기도 전에 아가씨가 말을 가로챘다.

"전 이 고서화실을 책임지고 있는 고서화실 실장 되는 사람입니다."

아가씨의 말에 지환은 놀라지 않을 수 없었다. 앳되어 보이기까지 하는 아가씨가 실장이었다니. 그것도 연륜과 시간을 필요로 하는 고서화실의 실장이었다니, 지환으로서는 다시 한 번 놀라지 않을 수 없었다.

"아! 예. 그러시군요. 죄송합니다. 그만 본의 아니게."

"아니에요. 저희 불찰이지요 뭐. 그런데 다시 찾아오신 이유가?"

"예, 그 해동화사를 좀 볼 수 없을까 해서요."

"죄송하지만 해동화사는 이미 지하 수장고로 들어갔습니다. 어제 밤새도록 보존처리 팀에서 처리를 마쳤지요. 그리고 오늘 아침에 들어갔습니다. 그래서 그 책이 예정일보다 일찍 보존처리가 되었군요. 외부로 일부 노출이 되어서."

실장은 불쾌하다는 말투를 말꼬리에 달았다. 실장인 자신이 모르는 일이 있었던 것에 대해 그리 탐탁지 않게 여겼던 것이다.

"오해는 마십시오. 일부러 본 건 아니니까요."

"아니에요. 오해는 무슨. 하지만 그 책은 다시 보실 수 없습니다. 지하수장고에 들어가면 다시 밖으로 나오는 것이 쉽지가 않아서요. 보존처리가 끝나고 들어간 문화재는 당분간 외부로 노출이 불가능하거든요."

"예."

지환은 실망에 짧게 대답하지 않을 수 없었다.

"죄송합니다. 그만 바빠서."

실장은 매정하게 자리를 떠났고 지환도 고서화실을 나서지 않을 수 없었다. 발걸음이 무거웠다.

고서화실을 막 빠져나오는 순간, 이층으로 올라서고 있는 낯익은 그림자를 보았다. 윤희선이라는 어제 그 사서였다.

지환은 놓치지 않으려는 듯 이름까지 불러대며 그녀의 발길을 잡아챘다.

"윤희선씨!"

지환의 부름에 계단에 오르려던 그녀는 몸을 돌렸다.

"아! 안녕하세요?"

멋쩍은 표정으로 그녀는 지환을 쳐다봤다. 지환은 마치 연옥에서 지장보살이라도 만났다는 듯 반갑게 알은 체를 해댔다.

"고서화실에 들렀다가 그만 실장님을 만났습니다. 실장님한테서 윤희선씨에 대한 이야기를 들었습니다."

"예. 그러셨군요."

"해동화사는 지하수장고로 들어갔다고요?"

"예?"

지환의 말에 놀란 것은 오히려 윤희선이었다.

"실장님 말로는 밤새 보존처리를 마치고 오늘 아침에 지하수장고로 들어갔다고 하던데요."

지환의 말에 윤희선은 곧 사태를 파악한 듯 다급히 고개를 끄덕였다.

"아! 그래요. 그랬어요."

윤희선의 당황해 하는 태도에서 지환은 무언가 집히는 것이 있었다. 아무래도 그녀들이 자신을 속이고 있다는 걸 감 잡은 것이다.

"무엇 때문에 그렇게 급하게 보존처리를 마쳤습니까? 무슨 피치 못할 사정이라도 있었던 모양이죠?"

지환의 물음에 윤희선이 잠깐 머뭇거리다가는 대답했다. 그녀의 표정이 어색함으로 가득했다. 둘러대느라 당황한 모양이 역력했던 것이다.

"예, 말씀드린 대로 해동화사는 외부로 노출되어서는 안 되는 중요한 내용이 들어있는 책입니다. 그런 책이 외부로 일부 노출되었기 때문에 학계에서 일 충격과 혼란을 미연에 방지하고자 그렇게 한 것입니다. 물론 영원히 공개하지 않는 것은 아니지요. 충분한 검토가 이루어진 뒤에 공개가 될 겁니다. 지금 당장 공개하기에는 그 내용이 워낙 큰 부담을 안겨주는 것이기에."

"그렇다면 학자들에게는 공개가 가능하다는 이야기인가요?"

"네. 하지만 당장은 아니에요. 지정된 위원회에서 우선 검토가 이루어져야 하죠."

"위원회라니요?"

지환의 집요한 물음에 윤희선은 귀찮다는 표정으로 말을 돌렸다.

"그건 다음에 언론에서 보시죠. 저도 알 수 없어요. 문화재청에서 어떤 조치가 있을 겁니다. 학술적인 검토가 이루어진 후에 공개가 될 것인데 그 전에 먼저 해동화사가 그런 가치가 있느냐 없느냐 하는 것부터 검증을 받아야겠죠. 그 검증을 위해서 구성되는 것이 말씀드린 문화재가치결정위원회죠."

"그럼 그전에는 누구든 해동화사를 볼 기회는 없는 것이로군요."

"그렇다고 봐야죠. 위원회의 위원으로 선임되기 전에는."

지환은 실망한 얼굴로 고개를 끄덕였다. 윤희선은 미안하다는 표정으로 인사를 건넸다.

"죄송합니다. 바빠서 그만."

윤희선은 계단에 올라섰고 지환도 무거운 발걸음을 옮겨놓아야 했다.

탐묵서림에 돌아온 지환은 탐매 송계하와 다시 마주 앉았다.

"그것 봐라. 쉽지 않다니까."

탐매는 느긋한 자세로 지환의 난감함을 즐겼다. 자신의 예측이 들어맞았음에 흡족했던 모양이다. 얼굴에는 승리자의 여유로움까지 엿보였다.

"어떻게 본다?"

탐매의 중얼거림에 지환이 물었다.

"어떻게 보다니요? 공개가 되기 전에는 볼 수 없다고 했는데요?"

지환의 말에 탐매는 빙긋이 웃었다.

"그러니까 너는 아직 멀었다는 거야. 그걸 곧이곧대로 믿고 있니?"

탐매의 말에 지환은 더욱 놀라지 않을 수 없었다.

"그럼 그 말이 거짓말이란 말인가요?"

지환의 놀람에 탐매의 웃음이 더욱 짙어졌다.

"이렇게 순진하기는. 무슨 보존처리가 그렇게 밤새 뚝딱하고 이루어지나? 다 따돌리기 위한 수작이지. 보존처리를 한다면 적어도 그렇게 하루 밤새에 할 수는 없어. 귀찮은 쇠파리 쫓아내듯 그렇게 널 쫓아내기 위해서 둘러댄 것뿐이야."

탐매의 말을 듣고 보니 또 그랬다. 깊게 생각하지 못한 것에 대한 후회가 막심했다. 자신을 너무 얕잡아 봤다는 것에 대해서도 불쾌하기 짝이 없었다. 공개할 수 없다면 그렇게 대답해도 되는 것을. 생각이 이에 미치자 지환은 은근히 부아가 치밀어 올랐다.

"기분 나빠 할 것 없어. 그 사람들로서는 그렇게밖에 할 수 없는 상황이었을 테니까."

지환은 탐매의 위로에 더욱 부끄럽기만 했다.

"그나저나 어떻게 손을 넣어볼까?"

탐매의 고민에 지환도 안달이 났다. 어떻게든 나머지 부분을 보아야 했기 때문이다.

"그래, 박교수에게 한 번 넌지시 물어봐라. 박교수라면 어떻게 손을 넣을 수 있을 거야."

"교수님을요?"

"방법은 그것밖에 없어. 우리야 장사꾼 냄새가 나니 어디 상대나 하겠니? 하지만 그 사람이라면 가능할 수도 있어. 또 같은 패거리니까."

지환은 고개를 끄덕였다.

"알겠습니다. 당장 가서 뵙죠."

지환은 자리를 일어서 박찬석 교수를 찾아 나섰다.

하지만 박찬석 교수는 어디에서도 볼 수가 없었다. 전화기도 꺼져 있었다.

"이 책입니다."

실장이 내미는 책을 박교수는 조심스럽게 받아들었다.

"해동화사라?"

자리에 앉은 박교수는 천천히 책장을 넘겼다.

"해동화사란 책도 처음이지만 조선 말의 선우량이라는 인물도 들어보지 못한 이름입니다."

실장은 조심스럽게 말을 꺼냈다.

"그래요. 그래서 더 의심스럽다는 겁니다."

박교수는 책장을 넘기며 놀라운 이야기를 읽어나갔다. 추재와 화사의 이야기였다.

"이보시게, 추사라는 이름으로 팔리고 있는 자네의 글씨가 장안의 화제일세. 선면묵란扇面墨蘭을 비롯해 다반향초茶半香初 그리고 문학종횡文學縱橫 대련을 본 사람들이 너도나도 구해달라고 야단법석이야. 추사 어르신의 신필을 어디서 그렇게 많이 구했느냐고 연신 물어대는 데 내 핑계를 대느라 진땀을 다 뺐다네."

화사의 말에 추재는 껄껄웃음을 터뜨렸다.

"그렇습니까? 그 참 유쾌한 일입니다. 세상이 이제야 이 추재를 알아주는군요."

"그래 내 무어라 했던가. 길지 않은 생을 이렇게 즐겁고 편하게 지내면 그 또한 의미 있는 일이라 하지 않았던가."

"맞습니다. 화사 어르신을 뵙고 깨달은 것이 이 추재로서는 천만다행입니다. 스승님들이야 평생을 고생 고생하시다 가셨지만 이 추재는 그렇게 하지 않으렵니다."

"잘 생각했네. 자네 이름으로 글씨와 그림을 남긴다 한들 무엇 하겠는가? 후세 사람들이 존재치도 않는 자네를 알아준다 한들 대체 무엇에 쓰겠는가 말일세. 중요한 것은 지금 이 자리라 했네. 지금 살아있는 이 시간, 이 자리가 자네에겐 무엇보다도 소중한 것일세. 이런 즐거움과 풍요로움 말일세."

추재는 고개를 끄덕였다. 그런 추재를 두고 화사도 만족한 듯 입가에 웃음을 머금었다.

"관서와 도인이 없는 글씨를 쓰고 그림을 그리던 자네가 이제 관서는 물론 도인까지 사용하고 있네."

화사의 말이 채 끝나기도 전에 추재는 손을 내저었다.

"그만 하시지요. 제 양심이 아픕니다."

가슴을 쥐어가며 아픈 시늉을 하는 추재의 말에 화사는 껄껄 웃음을 터뜨렸다. 추재도 따라 웃었다.

"알겠네. 자! 한 장 더 쓰시게나."

화사는 붓을 내밀며 글씨를 더 쓰라했다.

"추사의 글씨를 멋들어지게 한 장 써 보시게나."

화사의 재촉에 추재는 잠시 생각에 잠겼다. 그리고는 붓을 받아들고 허리를 굽혔다.

일독이호색삼음주—讀二好色三飲酒
첫 번째 즐거움은 책을 읽는 것이요,
두 번째는 여자이고, 세 번째는 술이니라.

"너무 심하지 않은가? 무량성문 격치지학無量聖門 格致之學이라 한 추사와는 어울리지 않는 글인데."

화사는 조심스레 물었다.

"아닙니다. 하려면은 이 정도는 해야지요."

"그런가? 자네의 대담함이 이제는 세상을 농락하는 지경에 이르렀네."

화사는 호탕하게 웃어젖혔다. 그러나 그 웃음 속에는 추재의 타락을 즐기는 기색이 역력했다. 아는지 모르는지 추재는 여전히 묵묵부답 자신의 글씨만을 내려다보았다.

"농락이라? 농락이라 하셨습니까?"

진지하나 가슴 아픈 추재의 되 뇌임에 화사도 정색을 했다.

"그렇네. 이것이 농락이 아니면 무엇이란 말인가? 하지만 그 농락은 죄스런 것이 아니라 속으로 썩어 문드러진 양반과 사대부들을 일깨우기 위한 것이니 마음에 부담을 가질 일은 아닐세."

"그렇지요? 화사께서도 그리 생각하고 계신 것이지요? 이 추재를 욕하거나 비난하지 않는 것이지요?"

추재는 거듭 물었다. 화사는 미소로 답했다.

"삼정의 문란이 극에 달해 백성들은 헐벗고 굶주리고 있는데 저 잘난 양반들을 한 번 보시게나. 고고한 글귀니 절개가 묻어나는 그림이니 찾으면서 그저 잘난 척하기에만 바쁘지. 그러면서 한편으로는 백성들을 쥐어짜고 권력이나 탐하고."

화사의 진지하고도 분노에 찬 말에 추재는 의미심장한 웃음까지 지어보였다.

"그런 저들에게서 가짜 그림과 글씨로 재물을 좀 얻어 내기로소니 그리 욕먹을 짓은 아니겠지요?"

"말해 무엇 하겠는가? 그림과 글씨가 아니라도 저들의 재물은 몽땅 빼앗아 버려야 하네. 그래도 시원찮네."

화사의 얼굴은 어느새 울분으로 휩싸여 있었다.

"그만 조심하시지요. 누가 듣겠습니다."

높아지는 화사의 목소리에 추재가 만류했다. 그제야 화사는 주위를 한 번 둘러본 후 길게 한숨을 내쉬었다.

"그러지. 그런 이야기는 이제 그만 하세나."

그리고는 잠시 침묵이 이어졌다.

침묵으로 어색해진 분위기를 추스르고자 화사가 다시 입을 열었다.

"그나저나 글씨나 그림은 본래 우아한 예술이지만 엉뚱한 미련에 사로잡히면 장사꾼 냄새가 난다고 하지 않았는가? 자네에게서 그런 냄새가 나니 어디 역겨워 견딜 수가 있겠는가. 자! 한 잔 따르시게."

"역겹다 하셨습니까?"

"그러네."

"그렇다면 한 잔으로는 턱도 없습니다. 코가 삐뚤어질 정도는 되어야 할 것 같습니다."

추재는 껄껄웃음과 함께 술을 따랐다. 술잔 가득 따른 추재는 자신의 술잔을 들었다. 이번에는 화사가 따랐다.

"지난 번 쓴 가주북두家住北斗와 다반향초를 두고 사람들이 말하기를, 추사의 글씨는 언제 보아도 사람의 마음을 들뜨게도 하고 가라앉히기도 하는 것이 마치 용이 여의주를 다루듯 사람의 마음을 자유자재로 다룬다며 난리법석을 떨어대고 있더군."

"무슨 말씀이신지요? 들뜨게도 하고 가라앉히기도 하다니요?"

"들뜨게 한다는 것은 붓에 대한 욕심을 일으키게 하는 것을 말하지. 이를테면 나도 저런 글씨를 썼으면 하는 욕망을 일으키게 하는 것 말일세. 그리고 가라앉힌다는 것은 글씨를 감상하다보면 자신도 모르게 마음이 차분해짐을 느낀다고 하더군."

"스승님의 글씨야 원래 그랬잖습니까?"

"문제는 그것이 추사의 글씨가 아니라 자네의 글씨가 아니던가? 그러니 자네의 글씨가 추사의 글씨에 조금도 뒤지지 않는다는 이야길세. 누구도 의심 없이 자네의 글씨를 추사의 글씨로 받아들이고 있어. 그러니 우리의 일은 탄탄대로에 서 있는 것이나 매한가지가 아니던가?"

화사는 흡족한 얼굴로 추재를 바라보았고 추재도 만족한 표정으로 화사를 마주했다.

"그래, 이제 어떤 명품을 만들어낼 작정인가?"

화사의 물음에 추재는 잠시 생각에 잠겼다가 입을 열었다.

"스승님께서 늘 하시던 말씀이 난을 닮으라 하셨습니다. 난은 스승님께 있어 평생의 화두였지요."

추재의 말에 화사의 눈이 호기심으로 가득 차올랐다.

"난의 기품을 얻기 위해 가슴속에 청고고아함을 간직하고 그를 위해 서권기문자향을 품어야 한다고 하셨지요. 또한 서권기문자향을 얻기 위해 오천권의 독서를 하는가하면 벼루를 열 개씩이나 구멍 내고 붓 천 자루를 몽당붓으로 만드셨다 합니다. 스승님 글씨의 결정체가 바로 난이라고 할 수 있지요."

화사는 진지한 눈빛으로 고개만 끄덕였다.

"그런 스승님의 가르침을 가장 잘 이어받은 분이 바로 석파 어른이시지요."

"그래서?"

화사는 마른 침을 꿀꺽 삼켰다.

"스승님께서 석파 어르신에게 내린 난에 대한 가르침을 제가 한 번 만들어볼까 합니다."

"난에 대한 가르침이라! 대체 어떤 것인가?"

"여석파란화일권與石坡蘭話一卷이란 것입니다."

"석파를 위한 난 교본敎本이란 말인가?"

"그렇습니다. 난 그리는 방법을 담은 작품이지요."

"세상이 다시 한 번 자네의 붓질에 놀아나겠군. 하지만 문제는 석파가 저렇게 멀쩡히 살아있는데 그것이 통할까? 만약 널리 알려지게 된다면 위험하지 않을까?"

"어르신께서는 평생을 그렇게 장사꾼 노릇을 하셨으면서 아직도 모르십니까? 아직 멀었습니다 그려."

추재의 말에 화사는 눈살을 찌푸렸다.

"멀었다니?"

"장사를 하시려면 좀 크게 하셔야지요. 여불위만한 거래는 아니더라도 말입니다."

"무슨 말인가? 시원하게 좀 말해 보게나."

"석파를 위한 난이니 석파에게 팔아야지요."

추재는 목소리를 낮추어서 은밀히 말했다. 그제야 화사의 눈이 크게 떠졌다. 그리고는 서서히 입가에 웃음이 피어났다.

"자네의 장사꾼 기질이 이 화사를 넘어서는군 그래."

말을 마친 화사는 호탕하게 웃어 젖혔다.

"추사께서 마지막으로 석파에게 남기신 유물이라고 하면서 건넨다면 다음에 더 큰 물목이 우리에게 주어지겠지요."

"대단하이. 대단해."

화사는 연신 감탄을 연발하며 추재를 추켜세웠다.

"이런 책이 있었다니!"

책을 덮은 박교수의 얼굴은 충격 그 자체였다.

"선우량이란 인물도 낯설고 해동화사란 책 또한 처음 듣는 것인데 그 내용에 있어서는 정말 충격적이라 하지 않을 수 없습니다. 그렇지 않습니까?"

실장의 물음에 박교수도 고개를 끄덕였다.

"그래요. 충격이 크네요. 이런 일이 기록되어 있을 줄이야. 간혹 들리던 이와 비슷한 얘기가 있기는 있었지만 기록으로 이렇게 생생히 남아있는 것은 처음입니다. 정말 충격적이군요."

박교수도 실장도 해동화사에 대한 충격에서 헤어나지 못하고 있었다.

"여기 기록되어 있는 글씨와 그림들이 모두 다시 평가되어야 한다면 우리 고서화계에 불어 닥칠 바람이 엄청날 거예요."

실장의 말에 박교수는 놀란 눈으로 입을 막았다.

"이걸 공개해서는 안 됩니다. 아시다시피 이걸 공개하는 날에는 고서화계 뿐만이 아니라 세상이 온통 발칵 뒤집힐 겁니다. 생각해 보세요. 전국에 산재해 있는 박물관과 미술관 그리고 한다하는 사람들의 개인소장품들 모두를 위작으로 판명 내려야 할지도 모를 텐데 그 충격과 혼란을 어떻게 감당하겠습니까?"

박교수의 말에 실장도 이내 동의를 표했다.

"그건 그래요. 그래서 저도 공개를 하지 않고 교수님께 먼저 보여드린 거예요."

"철저히 은폐시켜야 합니다. 차라리 이 책을 소각해서 못 본 것으로 하는 게 나을지도 몰라요."

박교수의 말에 실장은 난감한 표정을 지었다.

"그건 곤란한 일이에요. 이미 문화재 목록에 등록이 되어있는 것이라서."

"그럼 지하 수장고 깊숙한 곳에 넣어서라도 차단해야 합니다. 이건 보통 큰 일이 아니에요. 우리들만이 알고 있어야 합니다."

실장은 박교수의 말에 머뭇거렸다. 지환의 이야기를 해야 할까 말아야 할까 고민하고 있었던 것이다. 그녀의 입은 결국 열리고 말았다.

"사실은 저 말고 다른 한 명이 더 알고 있어요."

실장의 말에 박교수는 깜짝 놀랐다.

"한 명이 더 있다니요? 이 해동화사의 내용을 본 사람이 또 있단 말입니까?"

실장은 박교수의 놀람에 미안한 듯 작은 목소리로 대답했다.

"예에."

"그게 누굽니까?"

실장은 지환에 대한 이야기를 했다. 하지만 그게 누군지는 실장도 몰랐다.

"누굴까? 짐작이 가는 사람이라도 있습니까? 예전에 왔다던가. 아니면 어디서 본 기억이 있다던가."

하지만 실장의 기억 속에서는 전혀 떠오르는 사람이 없었다. 박교수는 난감한 표정으로 해동화사를 들고는 서성였다.

"해동화사를 다시 찾은 것으로 봐서는 이쪽에 대해서 잘 알고 있는 사람이란 얘긴데."

"그럴 거예요. 윤사서에게 신신당부하면서 갔다고 했으니까요."

"윤사서는 어떻습니까?"

박교수의 물음에 실장은 이번에는 자신 있게 입을 열었다.

"윤사서는 아무것도 몰라요. 이런 분야에 대해서는 관심도, 지식도 그리 밝은 편이 아니니까요. 그냥 사서에 지나지 않죠."

"그럼 다행이로군."

"아! 저걸 확인해 보면 되겠군요."

실장은 자신의 책임을 면하게 되었다는 듯 카메라를 가리켰다. 방범카메라였다.

"아! 그렇군. 빨리 가서 한 번 봅시다."

실장은 수장고에 해동화사를 갈무리 해 넣고는 박교수와 함께 지하수장고를 빠져나갔다. 그리고는 관리실로 가 방범카메라를 확인했다.

날짜와 시간을 입력하자 화면은 어제 그 시간으로 되돌아갔다. 그리고 어제의 상황이 생생하게 재현되었다. 화면이 어제의 그 시간을 되살려내는 순간, 박교수의 동공이 크게 확장되었다.

"저건 지환이?"

박교수가 지환이란 이름을 부르며 아는 척을 하자 실장이 호기심 가득한 얼굴로 물었다.

"아시는 분이세요?"

"허, 이럴 수가. 왜 그 생각을 못했을까?"

난감한 표정의 박교수를 두고 실장은 더욱 궁금해 했다.

"제잡니다."

제자라는 말에 실장의 입가에 미소가 피어났다.

"아! 그랬군요. 그런데 왜?"

실장의 물음이 채 끝나기도 전에 박교수가 먼저 입을 열었다.

"제자이긴 한데. 하는 짓이 그리 반갑지가 않습니다."

"하는 짓이 반갑지가 않다니요?"

박교수는 실장에게 상황을 설명했다. 그제야 실장의 얼굴도 굳어졌다.

"그렇다면 보화회에서 어떤 조치를 취해야 하지 않을까요?"

실장의 물음에 박교수는 다급히 손을 내저었다.

"아니, 그렇게까지 할 단계는 아닙니다. 아직은 그리 걱정할 정도는 아니니까요. 제가 조치를 취하지요."

"하지만 만에 하나 일이 잘못되기라도 한다면 이건 작은 일이 아닙니다. 이미 상당부분의 비밀이 유출된 상태이고 박교수님의 제자라면 그리 호락호락한 풋내기도 아닐 텐데 말입니다."

실장의 말투가 갑자기 돌변했다.

"걱정하지 마십시오. 제가 곧 해결하겠습니다."

박교수의 태도도 실장의 말투에 맞게 바뀌어 있었다.

"아무튼 쉽게 생각하시면 안 됩니다. 이건 박교수님만의 문제가 아니라 우리 보화회 전체의 문제에요."

"알고 있습니다."

박교수의 얼굴이 난감해져 있었다.

"차라리 깨끗하게 해결하지 못할 것 같으면 우리 보화회로 끌어들이세요."

"예, 저 아이의 실력이 출중한 데가 있고 또 제가 꼭 필요로 하는 아이라서 지난번에 그런 의도로 슬쩍 떠 봤었습니다."

박교수의 말에 실장은 호기심어린 눈빛으로 다시 물었다.

"그래서요, 뭐라던가요?"

"시큰둥하긴 했지만 자세히 설명하고 설득하면 제 뜻에 따를 듯도 했습니다."

박교수의 말에 실장은 어이가 없다는 듯 놀란 표정을 짓더니 이내 얼굴이 굳어졌다.

"곤란한 일인데요. 그렇게 일처리를 얼렁뚱땅하시다간 정말 큰일 납니다. 확실한 상태에서 말을 꺼내셔야지 이것도 저것도 아닌 듯 말을 꺼냈다가 일이 잘못되기라도 한다면 그땐 어떻게 하시려고 그러세요."

실장의 다그침에 박교수는 더욱 난감해 했다.

"교수님의 제자라지만 만에 하나 잘못되면 보화회 전체에 큰 누가 된다는 걸 명심하세요. 더구나 만약 일이 잘못되어 보화회에 치명적인 타격을 주는 일이 발생하게 된다면 그땐 모든 책임을 지셔야 합니다."

"알겠습니다. 꼭 해결하도록 하겠습니다."

박교수는 등줄기에서 진땀이 흐르고 있었다.

"아무튼 깨끗하게 처리하세요."

칼로 자르는 듯 차가운 말에 박교수는 허리까지 굽혀가며 깍듯이 대답했다.

"예, 알겠습니다."

연구실로 돌아온 박교수는 전화기를 들었다.

"접니다. 지환이 그 아이 안 되겠어요. 어떻게든 처리해야지 그대로 두었다가는 우리가 편히 잠을 잘 수가 없을 것 같아요. 보화회로 끌어들이든지 아니면 적절히 해결해야 할 것 같습니다. 감찰부에서 신경을 좀 써주세요."

"알았습니다. 그렇지 않아도 저도 그 일 때문에 고민을 좀 하고 있던 중입니다."

"부장님이면 충분히 설득하시리라 믿습니다."

"글쎄요. 녀석이 실망할 텐데."

"그 아이의 실망이 문제가 아닙니다. 우리 보화회의 존망이 걸린 문제에요."

"설마 그렇게까지야……"

"아닙니다. 신중하게 하셔야 합니다. 연구실장도 걱정이 많습니다."

"알겠습니다. 조만간 조치를 취하도록 하겠습니다."

지환은 탐묵서림으로 급히 달려갔다. 탐매의 전화를 받았기 때문이다. 수화기 너머로 들려오는 탐매의 흥분된 목소리가 귀에 생생했다.
"구했다! 해동화사를 갖고 있으니까 빨리 탐묵서림으로 와라."
탐매의 흥분된 목소리에 지환도 가슴이 두근거렸다. 어떻게 보아야 하나 고민하고 있었는데 탐매가 구했다고 하니 흥분되지 않을 수가 없었다. 지환은 피곤함도 잊었다. 밤늦은 시간임에도 서둘러 길을 나섰다. 휘황한 도시의 불빛도 서서히 잠들어 가고 있는 늦은 시간이었다.

탐묵서림은 아직도 불빛이 환했다. 지환을 기다리고 있는 불빛인 모양이다.

하지만 안으로 든 지환은 어리둥절하지 않을 수 없었다. 아무도 없기 때문이다. 문을 열어 놓은 채 사람이 없는 것은 탐묵서림에서는 있을 수 없는 일이었다. 귀중한 서화가 널려있는 서림에 사람이 없다는 것은 곧 도둑에게 물건을 가져가라는 것이나 다름없었기 때문이다. 게다가 때는 늦은 밤이었다.

"선생님!"
지환은 큰 소리로 탐매를 불렀다. 하지만 대답은 없었다.
'어디 가셨을까?'

지환은 더욱 궁금증이 일었다. 한참을 기다려도 나타나지 않자 지환은 전화기를 들었다. 하지만 탐매의 전화기는 꺼져 있었다.

소파에 앉은 지환은 골똘히 생각에 잠겼다. 해동화사를 어떻게 구했을까? 그리고 서림을 비운 채 어디를 가셨을까? 이런 일은 지환이 서림에 몸을 담은 이후로 처음이었다.

한 시간 넘게 기다렸으나 탐매는 나타나지 않았다. 이상한 생각이 들기 시작한 지환은 불안한 마음이 엄습해 오기 시작했다.

자리를 일어선 지환은 탐매를 찾아 나섰다. 서림 안을 둘러보았다. 하지만 서림 안 어디에도 탐매는 없었다.

시간은 이미 새벽 두시를 향해 달려가고 있었다.

지환은 일단 탐묵서림의 문을 잠갔다. 혹시 있을지도 모르는 사고를 미연에 방지하고자 함이었다. 잇따른 도난 소식에 고서화계는 요즘 골머리를 앓고 있는 중이었다. 엊그제도 현재 심사정의 도석화를 비롯해 고서화 몇 점이 도난을 당했다고 한다. 이런 소식을 접한 뒤라 더욱 조심하지 않을 수 없었다.

문을 잠근 후 확인까지 한 지환은 다시 서림 안을 둘러보았다. 서림 안을 둘러보던 지환은 밖으로 통하는 작은 문의 외등이 켜져 있는 것을 보았다. 쓰지 않는 화장실로 통하는 작은 문이었다. 작은 문은 쌓여있는 표구재료들로 늘 막혀 있던 곳이다.

'이상하다. 저기에 왜 불이 켜져 있을까? 그리고 쌓여있던 물건들은 누가 치워놓았을까?'

호기심이 인 지환은 문을 향해 다가갔다. 표구재료들은 금방 옮겨진 것처럼 어색하게 한쪽 구석에 놓여있었다. 지환은 조심스레 손잡이를 돌렸다. 문도 열려 있었다. 밖으로 나서자 어두운 계단이 한 쪽에서 지환의 시선을 끌고 있었다. 흐린 불빛이 새어나오고 있었던 것이다.

'창고에 계신가?'

지환은 서서히 계단으로 발길을 옮겨놓았다. 버리기에는 아깝고 쓰기에는 너저분한 것들을 아무렇게나 쌓아 두었던 지하 창고였다.

지하 창고로 들어서자 꽉 들어찼던 물건들의 한쪽이 가지런히 정돈된 채 지환을 기다리고 있었다. 그리고 그 사이로 한 번도 본 적이 없던 벽면과 그 벽면에 설치된 또 다른 문을 보았다. 문은 반쯤 열려 있었다. 불빛은 바로 그 문에서 새어나오고 있었다.

지환은 놀랐다.

'이럴 수가. 여기에도 또 다른 문이 있었다니.'

지환은 조심스럽게 발걸음을 옮겨 문 앞으로 다가갔다.

밀실에는 누군가 돌아서서 등을 보인 채 무슨 작업인가를 하고 있었다. 지환은 문 안으로 고개를 디밀었다. 순간 섬뜩한 기분이 들었다.

"왔으면 들어올 것이지 거기서 밤을 새울래?"

뜻밖의 말에 지환은 엉거주춤 안으로 들어섰다.

"문 닫아라."

탐매의 명령에 지환은 자신도 모르게 따랐다. 문을 닫고 나자 책상 아래에서 흘러나오는 가는 불빛만이 좁은 밀실을 희미하게 밝혀주었다.

"이게 이등영취以燈影取라는 모작模作방법이다. 등불로 그림자를 얻어 모작을 하는 거지. [77]황정견黃庭堅의 편지에 소개된 방법이야. 원작을 가장 가깝게 모사할 수 있는 방법이지."

탐매의 말에 지환은 그제야 책상을 내려다보았다. 책상 중간쯤에 서랍이 있고 그 서랍 아래에서 불빛이 새어나오고 있었다. 등불이 켜져 있었던 것이다. 그리고 그 위에는 [78]공재 윤두서의 유하백마도柳下白馬圖와 모사하고 있던 또 다른 종이가 겹쳐져 있었다.

"놀랄 것 없어."

탐매는 놀라 입을 다물지 못하고 있는 지환을 바라보며 말을 이었다.

"잠깐 앉아 있거라. 모사는 작업 중에 쉬었다 하면 먹의 농담이 달라져 안 되니까."

---

[77] 산곡 황정견: 중국 북송 때의 시인이자 서예가.
[78] 공재 윤두서: 조선후기의 선비화가로 시서화에 능했음. 대표작으로 국보로 지정된 '자화상'이 있음.

이 순간 탐매는 지금까지의 지환이 보아 왔던 탐매가 아니었다. 너무나도 달라져 있었다. 그 충격은 지환이 감당하기에 벅찬 것이었다.

탐매는 신중하게 붓을 움직여 모사했다. 너무나도 진지한 모습이 사악하게까지 보였다. 지환은 문득 두려움이 엄습해왔다.

뜨거운 차 한 잔을 마실 시간이 지나서야 비로소 모사를 마친 탐매가 허리를 폈다. 얼굴에는 땀방울이 맺혀 있었고 입가에서는 한숨까지 몰아 나왔다. 일을 무사히 마쳤을 때의 안도감 같은 것이리라.

"이리 와 봐라."

탐매의 부름에 지환은 책상 앞으로 바짝 다가섰다. 책상 위에는 방금 모사된 유하백마도의 윤곽이 생생하게 살아나 있었다. 채색만을 입힌다면 또 다른 유하백마도로 완벽하게 살아날 것이었다. 누구도 의심치 않는 공재 윤두서의 유하백마도로 말이다.

"이게 경황지硬黃紙라는 종이다. 초를 입혀서 만든 거지. 이건 이렇게 빛에 대고 고정시킨 후 사용하는 거야. 어두운 곳에서는 이렇게 등불을 이용하기도 하고 밝은 낮에는 창문 같은 곳에 고정시키고 사용하는 거지. 빛에 투과된 글씨나 그림의 윤곽을 정확하게 그려낼 수 있는 가장 좋은 방법이야. 이렇게 윤곽선을 그린 후 농묵과 담묵으로 채우고 나면 원래의 그림과 조금도 다르지 않아. 가장 세밀하게 모사할 때 쓰는 방법이지. 글씨를 모사할 때는 향탁響拆이라고도 하는데 비첩碑帖이나 서첩書帖에 이 경황지를 덮은 다음 창문 사이에 붙이고 빛에 의해 드러나는 필획을 따라 모사해 내지."

"이런 것을 제게 보여주시는 이유가 뭡니까?"

지환은 조심스레 물었다. 하지만 대답은 엉뚱한 것이었다.

"종이를 오래된 것으로 만드는 방법에도 여러 가지가 있어. 강한 자외선을 쬐는 방법도 있고 희석된 유산을 사용하는 방법도 있지. 또 과망간산칼륨 용액을 이용하기도 하고 연기에 그을리는 고전적인 방법도 있지. 그 중에 가장 실감나게 만들 수 있는 게 뭔지 아니?"

지환은 의아한 눈으로 탐매를 바라보았다. 그의 의아함은 탐매의 물음에 대한 것이 아니라 그의 이런 행동에 대한 의문이었다.

"그건 바로 농도 10% 이하로 희석한 유산을 사용하는 방법이다. 이걸 쓰면 종이가 자연스럽게 세월의 때가 묻은 것처럼 퇴색되는데 이건 전문가도 가려내기가 쉽지 않지. 자외선은 푸석푸석하게 문드러지며 뭔가 어색한 감이 절로 드러나고 연기에 그을린 것은 기술적으로 세밀하지 않으면 퇴색된 부분이 차이가 나서 쉽게 탄로가 나고 말지. 또 과망간산칼륨 용액도 그리 권할만한 게 못돼."

"제가 궁금한 건 그런 게 아닙니다."

지환의 말에 탐매가 진지한 표정으로 지환을 바라보았다.

"그럼 뭐가 궁금한데?"

"여기는 뭐하는 곳이며 왜 이런 일을 하고 계시냐는 겁니다."

탐매는 입가에 씁쓸한 미소를 지었다.

"뭐랄까? 나에 대한 실망, 아니면 배신? 이런 것들이 궁금한 거지."

지환은 대답도 하지 못한 채 탐매의 얼굴만을 뚫어져라 쳐다보았다. 왜 그랬냐는 듯 항의성 짙은 표정이었다.

"그럴 거다. 네게 모든 것을 가르쳐 준 내가 이런 모습을 보이고 있으니 그 충격이나 배신감이 크기도 하겠지. 하지만 네가 이 일을 시작하겠다고 했을 때 내가 한 말이 있었지. 현실은 꽤나 각박할 거라고."

서서히 드러나고 있는 현실에 지환은 다리에 힘이 풀리기 시작했다. 가장 믿었던 사람의 위선, 그 충격은 더욱 큰 것이었다.

"네가 해동화사를 본 순간, 모든 것이 제자리를 찾게 된 거다. 내가 괜한 말을 해서 네게 고통을 주는 것 같다."

"그렇다면 선생님께서도 보화회 회원이신가요?"

탐매는 대답이 없었다. 긍정도 부정도 하지 않았던 것이다.

"박교수가 마지막 선택을 전하라고 하더구나. 보화회에 들어 함께하든가 아니면 다른 길을 가게 하라고 말이다."

"다른 길이라니요?"

"그건 나도 모르겠다. 하지만 분명한 건 그게 그리 좋은 것만은 아니라는 사실이다."

지환이 듣기에는 분명 협박이었다. 지환은 두려웠다.

"지환아!"

"예."

너무도 진지한 탐매의 부름에 지환은 그만 두려움도 잊고 말았다.

"보화회에 들어라. 네 열정이면 우리 모임에서도 큰일을 할 수 있다."

스스로 드러내는 탐매의 실체에 지환은 놀라지 않을 수 없었다. 짐작은 했지만 그 충격은 너무나도 큰 것이었다.

"놀랐을 수도 있다. 하지만 이것이 현실이다. 해동화사를 네가 알고 있기에 어쩔 수가 없다. 네가 너무나 많은 것을 알고 있기에 보화회에서는 분명 그냥 두려 하지 않을 거다. 만약 네가 고서화계에 몸을 담고 있지 않은 상태에서 해동화사를 알았더라면 문제는 달라진다. 하지만 너는 고서화계에 몸을 담고 있으면서 또 그 실체에 대해 너무나도 많이 알고 있어. 그래서 어려운 일이야."

탐매의 목소리는 자못 심각했다.

"어려운 일이라니요?"

지환은 불안에 떠는 목소리로 물었다.

"선택을 해라. 보화회에 들어 함께 할 것이냐, 아니면 네 길을 갈 것이냐?"

탐매의 이글거리는 눈빛과 일그러진 표정에 지환은 두려움까지 느꼈다. 하지만 이대로 주저앉을 수는 없다는 생각이 그에게 마지막 용기를 불러일으키게 했다.

"저는 지금껏 선생님을 모시면서 선생님만은 믿었습니다. 헌데 그 믿음이 오늘 모두 무너져 내리고 말았습니다."

절망에 찬 지환의 목소리에 탐매의 얼굴이 심하게 일그러졌다.

"함께 할 수 없다는 얘기냐?"

지환은 말없이 고개를 끄덕였다.

"안타깝구나. 알았다. 에서 좀 기다리고 있어라."

탐매는 자리를 일어서 지하실을 빠져나갔다.

절망 속에 두려움이 뒤섞인 눈빛으로 지환은 이등영취를 가만히 내려다보았다. 은은하게 새어나오고 있는 불빛이 더욱 괴기스럽기만 했다.

시간이 지나도 탐매는 아무런 기척이 없었다. 문득 불안해진 지환은 지하실 문을 열어보았다. 손잡이가 꼼짝도 하지 않았다. 그제야 문이 잠겼음을 안 지환은 공포감에 휩싸여 가슴이 뛰기 시작했다. 문을 두드리고 소리쳐 보았지만 허사였다. 한참을 그렇게 문을 잡고 실랑이를 하던 지환은 몸이 지쳐와 낡은 의자에 몸을 던졌다. 그리고는 잠시 생각에 잠겼다. 하지만 생각을 미처 마치기도 전에 다시 한 번 두려움에 떨어야 했다. 등불이 꺼져가고 있었던 것이다. 지환은 자리를 일어서 가물거리는 등불을 키워 보려 애썼다. 하지만 그가 할 수 있는 방법이라고는 아무것도 없었다. 그저 어둠에 자신을 적응시키는 일밖에는 할 수 있는 것이 없었던 것이다.

이제 가물거리던 등불도 꺼지고 칠흑 같은 지하실에 홀로 남겨진 지환은 낡은 의자에 몸을 맡긴 채 온 몸으로 견뎌야 했다. 그러면서 문이 열리기만을 고대했다. 하지만 탐매의 태도로 보아 그리 쉽사리 열릴 것 같지는 않았다. 생각이 이에 이르자 지환의 두려움은 서서히 깊은 공포로 바뀌어갔다.

"뭐라고 합니까?"
박교수의 물음에 탐매는 고개를 가로저었다.
"소용없어요. 해결해야 될 것 같습니다. 참 아까운 아인데."
탐매의 한숨에 박교수가 입을 열었다.
"너무 아쉬워할 것만은 아닙니다. 잘못하면 우리가 당해요. 일은 깨끗하게 마무리 하세요."
박교수의 냉정한 말에 탐매도 고개를 끄덕였다.
"알고 있습니다. 그렇게 해야지요."
"아주 없애면 골치 아파지니까 적당히 해서 기억만 지우도록 합시다. 그게 부담이 없을 거예요. 어차피 저 아이는 연고도 없으니까, 문제도 커지지 않을 테고."
"그러지요. 그럼 기술자를 불러야겠군요."
"김씨를 부르세요. 그 방면에는 그 사람만한 사람이 없으니까."

"예, 알겠습니다."
박교수의 말에 탐매는 전화기를 꺼내들었다.

얼마나 시간이 지났는지도 몰랐다. 눈앞을 분간할 수 없는 짙은 어둠과 알 수 없는 두려움에 지환은 점점 지쳐갔다. 지친 몸은 잠을 불러왔다. 의자에 몸을 기댄 채 꾸벅꾸벅 졸았다. 그때 문이 열리며 누군가 들어왔다. 짙은 어둠 속으로 희미한 불빛이 우르르 몰려 들어오자 지환은 얼른 눈을 떴다. 순간 누군가의 그림자를 보았다. 하지만 그게 다였다. 둔탁한 느낌이 뒤통수에서 작렬하고 모든 것은 깊은 잠 속으로 빠져들었다.

도봉산과 수락산을 좌우로 끼고 있는
사패산賜牌山

수려한 산세가 울창한 숲과 조화를 이루고 있는 아름다운 산이다. 선조의 딸인 정휘옹주貞徽翁主가 유정량柳廷亮에게 시집을 올때 하사한 산이라 하여 사패산賜牌山이라 이름 붙여졌다 한다.
"이 사람아! 어쩌다 그리 되었는가?"
스님은 멀뚱히 앉아 사패산 산줄기를 바라보고 있는 젊은이에게 말을 건넸다. 그러나 젊은이는 희멀건 웃음을 흘리며 자신의 백치를 스님에게 전할 뿐이었다.
"젊은 사람이, 쯧쯧."

스님은 혀를 차며 고개를 흔들고는 설화당說話堂을 향해 발걸음을 옮겨놓았다. 스님이 자리를 뜨고 나자 젊은이도 어슬렁거리며 회룡사回龍寺 극락보전으로 향했다.

"어떻습니까?"

"괜찮습니다. 저 정도만 해도 다행이지요. 그리 걱정하지 않아도 될 것 같습니다."

"그래요? 그럼 잘 되었군요."

사내와 스님은 은밀한 목소리로 말을 나누었다.

"당분간은 그래도 유심히 살펴보셔야 할 겁니다. 기억이 돌아오기라도 하면."

"손님이 와 계신 모양이구나?"

느닷없는 소리에 두 사람은 화들짝 놀랐다. 스님은 다급히 자리를 일어서 밖으로 나섰다.

"예, 큰스님."

대답을 마치고는 따라 나온 사내에게 소개했다.

"주지스님이신 소오小悟 큰스님이십니다."

사내는 허리를 굽히며 합장을 했다.

"고서화협회 사무국장 홍수택이라고 합니다. 큰스님의 말씀은 많이 들었습니다."

"그러시군요."

소오스님도 합장으로 답했다.

"헌데 요사채에 머물고 있는 그 사람은 어찌 된 게냐?"

소오스님은 그늘이 드리워진 마루로 올라서며 물었다.

"예, 지난 번 산을 내려가다 그만 쓰러져 있기에 우선 데리고 올라왔습니다. 조만간 돌려보내야지요."

"그리 좋아 보이진 않던데."

"예, 아마도 백치인 것 같습니다."

스님의 대답에 소오큰스님은 고개를 끄덕였다.

"연고는 찾았느냐?"

"찾으려 했으나 아직……"

소오큰스님은 고서화협회 사무국장이라는 사내의 눈치를 보았다. 그러자 사내는 서둘러 인사를 건넸다.

"스님, 그럼 오늘은 이만 물러가겠습니다. 다음에 또 찾아뵙도록 하겠습니다."

"아니, 가시게요?"

사내의 인사에 스님은 벌써 가느냐는 듯한 말로 인사를 대신했다.

사내는 쫓기듯 설화당 마루를 내려서 소오큰스님을 향해 가볍게 고개를 숙여 인사하고는 잰걸음으로 물러갔다.

"그럼 다음에 또 뵙겠습니다."

떠나는 사내에게 스님은 다급한 목소리로 배웅을 대신했다.

사내가 떠나고 나자 소오큰스님은 진지한 얼굴로 스님을 마주했다.

"어쩌자고 저런 사람들과 어울리느냐? 네 본분이 무엇인지

망각했느냐? 네가 그림을 수행의 방편으로 삼고 있다고는 하지만 지나친 탐욕은 수행에 도움이 되질 않는다. 네 본분을 찾도록 해라!"

소오큰스님의 말에 스님은 고개를 끄덕였다.

"큰스님, 잊지 않고 있습니다. 다만 제 허명을 위한 일이 아니라는 것을 생각해주셨으면 합니다."

"도해渡海 네 허명이 아니라면 그럼 무엇을 위한 일이더냐?"

"우리 미술계를 위한 일입니다."

"허, 미술이 아니라 미술계라?"

소오큰스님의 물음에 도해스님은 입을 다물었다.

"네가 순수한 마음에서 미술을 위해 그러고 있다면 이 소오도 네게 이런 말은 하지 않겠다. 다만 네가 네 입으로 말했듯이 미술계를 위해 그런다 했으니 한 마디만 더 하겠다. 너는 지금 우리 미술을 위한 일보다는 그와 연관된 사람들과 인연을 맺어 네 탐욕의 경계를 확장하려 하는 일에만 더 관심이 많다. 그렇지 않으냐?"

도해스님은 입을 열지 못했다. 긍정도 부정도 아닌 모양이었다.

"네가 진정으로 우리 미술을 아끼고 사랑한다면 그런 일에서는 발을 빼는 것이 현명한 일이다. 도해, 너 자신을 위해서도 말이다."

소오큰스님은 말을 마치고는 자리를 일어섰다. 그리고는 햇

살 따가운 뜰로 내려서며 다시 한 번 충고의 말을 던졌다.

"분명 저 아이도 그 일들과 관련이 있는 모양이다. 섣불리 판단할 일은 아니나 자중토록 해라."

도해스님은 합장으로 큰스님의 말을 새겼다. 햇살이 유난히도 따가운 초여름 날이었다.

"아저씨, 중 맞아. 진짜 중 맞아. 가짜 아니지?"

사내의 물음에 소오큰스님은 너털웃음을 터뜨리고 말았다.

"중도 진짜가 있고 가짜가 있는가?"

"에이, 세상에 가짜 아닌 게 어디 있어. 죄다 가짜던데."

"그래? 무엇 무엇이 가짜던고?"

"중도 가짜고 사람도 가짜. 응, 저 산도 가짜야."

사내는 사패산을 가리켰다.

"허, 산도 가짜라? 세상에 그런 일이 있었는가?"

"그럼, 내가 알기로 이 세상 모든 것이 가짜야."

"그래, 그러면 그 증거라도 있는가?"

사내는 멀뚱한 눈으로 극락전을 바라보았다. 그리고는 소오큰스님에게 물었다.

"저 안에 있는 부처가 진짜야, 가짜야?"

느닷없는 물음에 소오큰스님은 한 순간 멍해졌다. 그리고는 입을 열었다.

"그거야 부처님을 닮은 형상이지. 부처님이라고 볼 수는 없지. 하지만 부처님을 모시듯 소중히 모셔야지."

"그것 봐. 가짜잖아. 닮은 형상이 어떻게 부처야? 말도 못하고 돌아다니지도 못하고 한 자리에 앉아서 찾아오는 사람들이나 맞고 있으니 그게 무슨 부처야?"

"허 허. 듣고 보니 그러네."

사내는 연신 고개를 흔들어 대며 사패산만을 바라보았다.

"나는 저 산도 못 믿어."

"그럼 도대체 믿는 것은 무엇인가?"

"내가 믿는 것?"

사내가 되묻자 소오큰스님은 빙긋이 웃음을 지어보였다.

"내가 믿는 것은 오직 세상이 모두 복제되어 있다는 것, 그래서 가짜라는 것, 그것뿐이야."

"그럼 자신도 믿지 못하는가?"

"물론이지. 나도 못 믿어. 나를 어떻게 믿겠어? 아침저녁으로 마음이 바뀌는데."

소오큰스님은 고개를 끄덕였다.

"이름이 어떻게 되는가?"

소오큰스님의 진지한 물음에 사내는 멍하니 고개를 돌렸다. 그리고는 중얼거리듯 입을 열었다.

"지환이라고 했는데 지금은 아니야."

"지환이라! 그런데 지금은 아니라니?"

"가짜거든. 복제되었지. 예전의 나에게서 복제된 멍청한 나.

여기 있는 나. 그저 복제된 나일뿐이지."

사패산 너머로 흰 구름이 유유히 흘러가고 있었다. 소오큰스님은 말없이 자리를 일어섰다.

티 없이 맑고 깨끗한 하늘과 푸르른 여름 사패산이 더욱 싱그러웠다. 하지만 그것도 가짜라니……

끝.

참고문헌

강행원, 문인화론의 미학, 서문당, 2004
강행원, 한국문인화, 한길아트, 2011
고연희, 조선시대 산수화, 돌베개, 2007
고연희, 그림, 문학에 취하다, 아트북스, 2011
김정희, 완당전집, 민족문화추진회 역, 민족문화추진회, 1986
박철상, 세한도, 문학동네, 2010
백인산, 선비의 향기, 그림으로 만나다, 다섯수레, 2012
손영옥, 조선의 그림 수집가들, 글항아리, 2010
수잔부시, 김기주 역, 중국문인화, 학연문화사, 2008
안휘준, 한국회화사, 일지사, 1999
오세창 국역근역서화징, 시공사, 1998
오주석, 옛 그림 읽기의 즐거움, 솔출판사, 2005
유홍준, 알기 쉽게 간추린 완당평전, 학고재, 2006
윤희순, 조선미술사연구, 열화당, 2001
이동주, 우리나라의 옛 그림, 학고재, 1997
이동주, 우리 옛그림의 아름다움, 시공아트, 1996
이동천, 진상, 동아일보사, 2008
이선옥, 사군자, 돌베개, 2011
이성혜, 조선의 화가 조희룡, 한길아트, 2005
이영재·이용수, 추사정혼, 도서출판선, 2008

정병삼 외, 추사와 그의 시대, 돌베개, 2002

정혜린, 추사 김정희의 예술론, 신구문화사, 2008

정후수, 추사김정희 논고, 한성대출판부, 2008

조용진, 동양화 읽는 법, 집문당, 1999

조희룡, 한영규 역, 매화삼매경, 태학사, 2003

최병식, 동양회화미학, 동문선, 2007

최열, 근대수묵채색화감상법, 대원사, 2001

추사연구회, 추사연구 1호-9호, 과천문화원

킴바라세이고, 민병산 역, 동양의 마음과 그림, 새문사, 2007

표윤명, 묵장, 가쎄, 2010

표윤명, 추사이야기, 가쎄, 2011

후지츠카치카시, 추사김정희연구(청조문화동전의연구), 과천문화원, 2010

지은이 | 靑曉 표운명

1966년 충남 예산 출생
수상경력: 제7회 심훈 문학상 수상
장편: 아틀란티스, 페르시아, 묵장(墨莊), 추사이야기, 갈마지 워쩌!
충남도정신문에 장편 미소(微笑) 연재 중
추사스토리텔링 개발

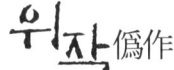 僞作   값 12,000원

2014년 10월 13일 초판 인쇄
2014년 10월 15일 초판 발행

지은이   표 운 명
발행인   成 珍 慶
발행처   새문사
등록번호 제1-273호(1977.9.19)

주소 : 서울시 마포구 대흥로6길 6-12
전화 : (02)715 - 7232(代), 717 - 7235, Fax : (02)715 - 7235
E-mail : sinlon@saemoon.co.kr
website : www.saemoonbook.com
ISBN : 978-89-7411-404-6 03810